KB062317

로크미디어가
유혹하는
재미있는 세상
ROK
MEDIA
로크미디어

예지몽으로
히든랭커

예지몽으로 히든랭커 24

2022년 11월 11일 초판 1쇄 인쇄
2022년 11월 16일 초판 1쇄 발행

지은이 이현비
발행인 김정수 강준규

기획 이기헌 왕소현 박경무 강민구 조익현
책임편집 백승미
마케팅지원 이원선

발행처 (주)로크미디어
출판등록 2003년 3월 24일
주소 서울시 마포구 마포대로 45 일진빌딩 6층
Tel (02)3273-5135 **Fax** (02)3273-5134
홈페이지 rokmedia.com **E-mail** rokmedia@empas.com

값 9,000원

ISBN 979-11-354-7924-3 (24권)
ISBN 979-11-354-9382-9 04810 (세트)

예지몽으로 히든랭커

이현비 게임 판타지 장편소설

24

CONTENTS

회자정리 會者定離

가온은 온몸에 돋은 소름을 진정시키며 마력 탐색 스킬까지 사용해서 꼼꼼하게 캡슐을 살펴봤다.

'치료용 캡슐이 맞아. 쓰여 있는 질환을 치료하는 데 도움이 되는 약재를 가루 혹은 액체로 집어넣는 구멍도 있고 다양한 용도의 관들을 움직이는 구동원 역할을 할 수 있는 마나석도 무려 네 개나 들어가. 크기를 보면 최소 상급이고.'

무엇보다 수술에 필수적인 로봇손들과 마취가 가능한 약초들이 들어갈 구멍들이 있는 것을 보면 확실했다.

의료 과학이 발달한 현재 지구에도 이 정도 수준의 치료 캡슐은 존재하지 않는다는 점을 고려하면 이 유물의 가치가 얼마나 높은지 충분히 짐작할 수 있었다.

가온은 일행에게 양해를 구하고 캡슐을 모조리 챙겼다. 일행은 다행히 캡슐의 용도를 제대로 알지 못해서 일종의 골동품 정도로만 여겼는지 선선히 그의 말을 받아들였다. 물론 볼코트는 다른 생각이 있는 것 같았지만.

가온은 벼리의 도움을 받아서 나머지 네 방도 여는 데 성공했는데 일행은 계속해서 실망만 했다.

"이건 약초와 광물 그리고 인체와 치료에 대한 서적들이네. 게다가 공용어가 아니라 현재로는 전혀 해석할 수 없는 고대어로 작성된 것들이 대부분이라서 큰 도움이 되지 않을 것 같아."

방 하나를 가득 채운 장서들은 의학과 무관한 일행에게 쓰레기나 다름없었다. 지금은 치료 마법이나 신성 치료가 굉장히 발달한 시대인 것이다.

약초 치료사나 수집가에게 팔면 돈이 좀 될 테지만 그리 큰돈을 받을 수 있을 것 같지는 않았다.

다음 방 역시 종이류만 있었다. 그것도 방 전체를 채울 정도의 종이들이었는데 그중 일부를 살펴본 가온은 경악했다. 역시 볼코트조차 해석하지 못하는 고대어로 쓰여 있었지만 그림만으로도 어느 정도 내용을 알아볼 수 있었다.

'처방전이야!'

가온은 첫 번째 방에 있던 캡슐들이 외과 질환을 치료하는 캡슐이라면 이 처방전들은 내과 질환을 치료하는 내용을 담고 있을 거라고 추측했다.

병증에 따라 분류되어 있는 처방전들이 족히 수백만 장은 될 것 같았다. 만약 공신력이 있는 처방전이라면 그 가치는 상상을 불허할 것이다.

'참고할 서책들을 구할 수 있다면 벼리와 두 리치가 충분히 해석할 수 있을 거야!'

고대어를 제대로 해석하기만 하면 이 모든 처방전은 이곳 탄 차원은 물론이고 지구에서도 엄청난 보물이 될 것이다.

그런데 처방전만 있는 것이 아니었다. 대략 절반 정도는 다양한 약의 조제서에 해당했는데, 일부는 포션과 동일한 효과를 가진 약을 조제하는 비법이 담겨 있었다.

평소 표정 변화가 별로 없는 가온이 내내 미소를 지을 정도의 수확을 거둔 반면 불안한 마음으로 다음 방을 확인한 일행의 입에서 비로소 환호성이 터져 나왔다.

가장 앞쪽에 크기로 보아 상급 이상으로 추정되는 마정석들이 상자째 쌓여 있었다.

게다가 다음 줄에는 황금이 괴의 형태 혹은 가루 형태로 상자째 쌓여 있었다. 애초 얘기한 보상 비율로 생각해도 어마어마한 가치를 가진 보물들이었다.

하지만 그다음부터는 가온 일행이 보기에 전혀 가치가 없는 광물들과 동물의 뼈와 뿔, 말린 장기 등이 쌓여 있었다.

당연히 일행은 황금과 마정석만 챙겼고 나머지는 가온의

차지가 되었다. 혹시 마법 실험에 쓰이는 것들이 있는지 물어봤는데, 볼코트는 말없이 고개만 저었다.

다음 방에는 사람 한 명이 겨우 통과할 수 있을 정도로 좁게 배열된 상품장들이 있었는데 그 위에는 단단하게 굳은 다양한 물건이 놓여 있었다. 가온은 그것들이 다양한 약의 재료임을 단박에 알아봤다.

그중 일행의 관심을 가장 많이 끈 것은 하단에 고대어로 이름이 쓰여 있었지만 내용물을 알 수 없는 다양한 크기의 유리병들이 꽂혀 있는 전용 수납기였다.

처음에는 포션이 있을 것 같아서 유리병들을 확인해 봤는데, 대부분이 시간의 흐름을 이기지 못하고 바닥에 알 수 없는 성분의 침전물만 남아 있어서 다들 실망했다. 정교하고 거대한 마법진 덕분에 시간의 흐름에서 어느 정도 비켜 가기는 했지만 액체의 경우 증발하고 만 것이다.

꼼꼼하게 유리병을 살펴본 볼코트와 홀란스 그리고 오르도스가 누구보다 크게 실망했다.

물론 그래도 가온은 그 모두를 알뜰하게 챙겼다. 정령들과 세 조언자의 도움을 받으면 침전물만으로도 원래 상태의 약을 다시 만들어 낼 자신이 있었기 때문이다.

마지막 방은 가장 컸는데 수없이 많은 버튼이 달려 있는 스크린과 방의 절반을 차지할 정도로 거대한 기계장치 그리고 첫 번째 방에서 봤던 것과 동일한 캡슐 하나가 수없이 많은 선들로 연결되어 있었다.

'설마 저 기계는 고대 문명이 만들어 낸 컴퓨터일까?'

가온은 거대한 기계장치를 보는 순간 그런 생각을 했다.

"이것들은 대체 뭐지?"

볼코트를 비롯한 세 사제는 아무리 생각해도 이 장치를 이해할 수가 없었다. 거대한 장치는 매직 아이 마법으로도 간신히 알아볼 수 있을 정도로 정교한 초소형 부품들이 수없이 많이 결합되어 있었다.

컴퓨터에 대해서 알지 못하면 기계장치의 정체를 상상할 수 없었다.

각각의 버튼에는 작은 글씨로 고대어가 쓰여 있었다. 볼코트가 그중 일부를 읽어 주었는데 생소한 단어도 있었지만 몇 개는 질환의 이름이 확실했다.

－오빠, 어쩌면 이 거대한 기계장치는 일종의 인공지능 컴퓨터고 저 캡슐은 내부에 수많은 선으로 연결된 헬멧이 있는 것으로 보아서 버튼에 쓰인 질환에 대한 지식을 이전시키는 장치가 아닐까요?

벼리는 자신과 비슷한 추측을 하면서 잔뜩 흥분한 것이 캡슐에 관심이 큰 것 같았다.

그러는 사이에 일행은 호기심에 이것저것을 만져 보았지만 고장이 난 것인지 아니면 제대로 작동을 못 한 것인지 아무런 반응도 없자 거대한 장치와 캡슐에 대한 관심을 거두었다.

―오빠, 캡슐 연구는 우리 셋에게 맡겨 줘요. 한번 제대로 연구를 해 볼게요.

―전 오래전부터 이런 장치에 관심이 많았습니다! 맡겨만 주십시오!

―마나를 이용해서 병증을 파악하고 치료할 수 있는 기계 장치라니 호기심이 폭증하는군요. 저희들에게 한번 맡겨 봐 주십시오.

벼리는 물론이고 파넬과 알테어까지 엄청난 관심을 보였다.

'좋아. 그럼 드래곤 아공간으로 옮겨서 한번 연구해 봐.'

가온의 영혼과 연결되어 있는 아공간들은 벼리 등이 얼마든지 이용할 수 있었고 내부의 물건을 다른 아공간으로 옮기는 것도 가능했다.

덕분에 가온은 이 방 안에 있는 것들도 마음 편하게 챙길 수 있었다. 다른 일행은 황금과 마정석을 제외하고는 아무런 관심이 없었기 때문이다.

'스승님과 두 사형은 이 유적에 대해서 어느 정도 짐작을 하는 것 같은데.'

하지만 세 사람은 일행을 의식해서인지 아니면 가온의 마음을 가볍게 해 주려고 한 것인지 관심이 없다는 태도를 보였다.

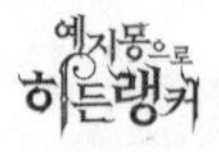

다섯 개의 방을 모두 확인한 가온 일행은 여전히 작동하는 엘리베이터를 이용해서 위로 올라왔는데, 놀랍게도 도착한 장소는 이전의 그곳이 아니라 던전의 게이트 바로 앞이었다.

가온은 일반 던전과 달리 특별한 안내음이나 메시지도 없고 명예 포인트도 얻지 못한 유적 던전이지만 재벌이 된 기분이었다.

'내가 직접 활용하기는 힘들지만 연구를 하다 보면 지구에서도 통하는 내용이 나올 수도 있어.'

현재 지구는 지식이 큰돈이 되는 세상이다. 아이디어나 문제에 대한 해답만으로도 억만장자들이 나올 수 있는 환경이니 이곳에서 확보한 것들은 엄청난 자산이 될 것이다.

일행도 만족하기는 마찬가지였다. 족히 300개는 될 것 같은 마정석은 상급 이상이었으며 황금도 대략 300킬로그램은 될 것 같았으니 애초 약속한 대로 나눈다고 해도 한순간에 거부가 된 것이다.

별다른 위험이 없기에 던전에서 나오는 건 아주 쉬웠다.

마침내 고대 유적을 공략하는 데 성공했고 당연히 일행은 보상을 기대했다.

가온은 던전 공략에 별다른 활약을 하지 못한 척과 월은 물론이고 리라에게도 40분의 1에 해당하는 대가를 마정석과 황금으로 챙겨 주었다.

"아무것도 한 일이 없는데 받아도 될지 모르겠습니다."

척과 월은 상급이 포함된 마정석들과 금괴에 눈을 떼지 못했지만 흔쾌히 받지 못했다.

"저도 한 일이 없으니 약속한 보수만 받겠습니다."

"이번에는 세 분이 활약할 기회가 없었을 뿐입니다. 받으셔도 됩니다."

가온이 거듭 받으라고 하자 결국 척이 의견을 냈다.

"그, 그럼 살아 있는 재신을 만난 행운의 결과 정도로만 챙겨 주십시오. 100분의 1씩만 주십시오."

"그것만으로도 저희는 큰 부자가 될 수 있습니다."

결국 척의 말대로 100분의 1에 해당하는 보물을 나눠 주었다.

가온은 남은 마정석과 황금은 모두 볼코트에게 넘겨주었다. 스승과 사형들에게 있어 그것들은 재화가 아니라 마법 실험에 꼭 필요한 재료의 의미가 훨씬 컸기 때문이다.

"너는 어쩌고?"

"저는 그동안 공략한 던전에서 챙긴 것이 많습니다."

드래곤의 레어에서 턴 보물들이 얼마나 되는지 아직 확인조차 하지 못했다. 가온은 더 이상 보물이나 재물에 연연하지 않았다.

"고맙구나. 잘 쓰마. 그리고 이건 카타우리 문명의 공용어와 다른 고대어들과 관련된 서적들이다. 한때 카타우리 문명의 마도구에 꽂혀서 연구해 보려고 몇 년 동안 각지에서 수집했지."

흔쾌히 남은 마정석과 황금을 받아 든 볼코트가 내민 것은 가온에게 꼭 필요한 책들이었다. 물론 가온 본인보다는 벼리와 파넬 그리고 알테어가 주로 활용할 테지만 말이다.

"연구실까지 동행하지는 않을 테지?"

"그랬으면 좋겠는데 휴가가 곧 끝나서요."

벌써 내일이면 휴가가 끝난다.

"그래. 몸만 건강하다면 바쁜 것이 좋은 거야. 다음에 올 때는 매직북을 잔뜩 챙겨 둘 테니 기대하거라."

"항상 건강을 생각하세요."

뤄나윔의 심장을 복용하면 10년 가까이 회춘할 수 있지만 이미 노화가 많이 진행된 상태라서 아무래도 걱정이 되었다.

"그러마. 그리고 네 두 사형도 선물을 준비한 것 같은데."

볼코트는 끼어들 타이밍을 보고 있는 홀란스와 오르도스를 불렀다.

"사제 덕분에 아주 좋은 경험을 했어. 이건 연구실이 좌표인 텔레포트 스크롤이니까 언제든 쉬고 싶을 때 들러."

그런데 스크롤이 하나가 아니라 무려 스무 장이나 된다. 자주 다녀가라는 은연중의 압박인 것이다.

"이건 스승님과 우리 둘이 가끔 시간이 나면 사제 얘기를 하면서 만든 스크롤이야. 종류가 중구난방이라서 나도 정리를 못 했는데 잘 쓰길 바라."

오르도스가 그렇게 말하면서 건네준 스크롤은 언뜻 봐도 200개는 될 것 같았다.

그중 하나를 확인해 보니 배리어 마법이 내장되어 있었다.

물론 모든 스크롤이 배리어 마법이 내장된 것은 아니겠지만, 배리어나 실드와 같은 보호 마법이 많을 것은 분명했다. 그래서 스크롤에 담겨 있는 세 사람의 마음이 느껴져 잠깐 울컥했다.

"항상 몸 건강해. 그래도 이번에 사제가 치료 용도의 아이템들을 챙길 수 있어서 마음을 좀 놓았어."

가온의 예상대로 세 사람은 유적에서 얻은 물건들의 용도를 짐작하면서 양보한 것이다.

모두 마법사인 만큼 학문적인 호기심도 있었을 텐데, 수련과 연구만 하는 자신들과 달리 위험한 상황을 자주 맞닥뜨릴 가온을 위해서 아무런 관심도 표명하지 않은 것이리라.

"감사합니다, 사형. 다음에는 우리 사형제들끼리 정상적인 던전을 공략할까요?"

"하하하. 내가 하고 싶은 말이야. 마검사인 자네와 우리 둘의 실력이라면 어떤 던전이라도 충분히 공략할 수 있을 거야. 기대할게."

이 나이가 되도록 마탑과 던전에만 갇혀 살아온 홀란스와 오르도스는 이번 유적을 탐사하면서 크게 활약하지는 못했지만 순간순간 살아 있는 기분을 만끽했다.

목숨이 왔다 갔다 하는 극도의 긴장감에 이어 말로 표현하기 어려운 안도감과 함께 해냈다는 성취감까지 높은 민감도를 가진 감정들을 경험하면서 이제까지의 삶에서 벗어날 수 있는 자극과 용기를 얻은 것이다.

"서운하구나. 나 아직 창창하다! 너희들은 나이만 많았지 세상 경험이 부족해서 내가 없으면 안 돼!"

"하하하하!"

가온과 홀란스 그리고 오르도스는 짐짓 불퉁한 얼굴로 볼멘소리를 하는 볼코트를 보며 크게 소리 내어 웃었다.

그렇게 사형제들은 물론 사제들 간의 정을 쌓을 수 있었던 짧은 던전 공략이 끝났고 사람들은 헤어지는 아쉬운 마음을 다시 만날 것을 기대하는 마음으로 달랬다.

토레토 온천.

텔레포트를 한 가온은 곧바로 대원들이 묵고 있는 숙소로 향했다.

"대장님!"

짧은 휴가를 마치고 오늘 복귀한 대원들이 많았는지 다양한 장소에서 삼삼오오 얘기를 하고 있다가 그를 향해 달려

왔다.

가온은 대원들에게 거의 보여 준 적이 없는 환한 미소를 지었다.

너무 반가웠다. 이들에게는 불과 일주일밖에 안 되지만 가온에게는 거의 1년이 넘는 기간 동안 못 봤었던 것이다.

"잘 쉬었습니까?"

"꿀맛 같습니다!"

가온이 당부한 대로 수련을 아예 잊어버리고 잘 자고 잘 먹고 푹 쉬어서 그런지 분위기가 아주 좋았다.

하지만 가온의 말에 분위기는 순식간에 진지해졌다.

"이제 우리의 향후 거취에 대해서 얘기를 좀 해 볼까 합니다."

휴가 기간 동안 쉬면서 각자 앞으로 어떻게 할지에 대해서 고민을 좀 해 보라고 말해 두었기에 대답을 들으려는 것이다.

가장 먼저 입을 연 사람은 패터였다.

"대장, 난 샤나와 함께 당분간 루시아에서 지내려고 해."

샤나와 교환하는 눈빛에 달달한 감정이 묻어나는 것을 보니 이미 마음을 굳힌 모양이다.

"대장님, 저도 라쟈와 함께 루시아로 가려고 합니다."

랄프 또한 패터와 같은 목적지를 선택했다.

가온은 사랑을 찾아가는 두 사람의 결정을 탓하려는 것은 아니지만 조금은 서운했다.

둘은 거의 원년 멤버였고 패터는 이 탄 차원에서 처음 만나 친구가 되지 않았던가.

그런 가온의 마음을 알아챈 것일까 세르나가 나섰다.

"오해는 하지 마세요. 사실은 루시아 인근에 던전 하나가 발견되었다고 해요."

"던전요?"

"네. 주로 오크가 서식하는 중간 등급의 소형 던전으로 파악했는데, 루시아에서는 전사들의 기량을 시험하고 전투 경험을 쌓을 수 있는 좋은 기회라고 생각하고 저희들을 소환했어요. 물론 대장님의 허가를 득하는 조건으로요."

그런 거라면 서운할 일이 아니다.

"공략할 수 있겠습니까?"

그동안 온 클랜에서 중추적인 역할을 해 온 세르나와 달쿤이 루시아에서 내세울 수 있는 거의 최고의 전력이기에 묻는 것이다.

여차하면 클랜 차원에서 움직일 의향도 있었다. 어차피 당분간 던전을 공략하려고 했으니 툴람 왕국 측과 미리 약속했다는 제약 정도는 충분히 무시할 수 있었다.

"전력은 충분해요. 소멸형인지 재생형인지는 아직 확인되지 않았지만 재생형이라면 루시아의 전력을 키울 수 있는 최고의 훈련 장소로 활용할 생각이라고 해요."

오크가 서식하는 던전이라면 확실히 세르나의 말대로 반복해서 공략하면서 전사들의 기량을 높이는 데 큰 도움이 될 수 있었다.

"잘만 활용한다면 루시아에 큰 도움이 되겠군요. 좋습니다. 그렇게 하세요."

루시아 출신의 전사들은 온 클랜에서 허리에 해당하는 전력을 갖추고 있기 때문에 상당한 전력 손실이 있기는 하지만 루시아의 미래를 생각하면 만류해서는 안 된다.

가온의 허락에 루시아 출신의 대원들은 복잡한 얼굴로 결정을 받아들였다.

"저희는 아그레브에 자리를 잡으려고 합니다."

퍼슨과 마론 부부가 굳은 얼굴로 조심스럽게 말했다.

"안 그래도 그렇게 권유하려고 했는데, 잘 결정했습니다."

퍼슨은 이미 부인이 그곳에 자리를 잡은 상태였고, 나이로 보나 이제 막 새로운 삶을 시작한 상황이니 도전보다는 정착이 나은 결정이었다.

마론과 샐리 부부도 40대 초중반으로 이젠 어딘가에 정착해서 정상적인 가정생활을 시작할 필요가 있었다. 늦은 나이에 겨우 만나 사랑을 시작했지만 샐리가 저주로 인해서 정상적인 결혼 생활을 하지 못했었던 것이다.

가온의 시선은 이제 스톤으로 향했다.

"대장님에게는 죄송하지만 저도 아그레브에서 새로운 삶

을 시작해야 할 것 같습니다."

랑트에서부터 시작된 인연으로 여기까지 온 노련한 사냥꾼 스톤도 예상한 대로 아카데미에서 수학하는 손자의 근처에 정착하고 싶어 했다.

"잘 생각하셨습니다."

이제 더 이상 사냥꾼으로 부를 수 없을 정도로 강자가 되었지만, 나이가 쉰을 넘겼고 여동생 가족과 손자를 포함한 가족이 있기에 그 또한 한동안 툴람에 머물러야 하는 상황을 피하고 싶었던 모양이다.

플레이 초기부터 어울려서 인간적인 정을 쌓아 온 이들이 떠난다고 하자 마음이 영 좋지 않았지만 가온은 이들의 결정을 존중했다.

'어찌 보면 예정된 수순일지도.'

자신은 그렇게 생각하지 않았지만 벼리와 알테어는 이미 한두 번 원년 멤버들의 거취에 대한 얘기를 한 바가 있었다. 나크 훈과 반 홀랜드 등 검기 완숙자들이 합류하면서 그들이 상대적인 박탈감과 위기의식을 느낄 거라고.

그런 얘기를 들었지만 가온에게는 달리 할 수 있는 것이 없었다.

앞으로 걸어야 할 온 클랜의 행보를 생각하면 검기를 겨우 사용하는 정도의 실력으로는 종종 위험한 상황에 빠질 수 있었기 때문이다.

가온은 인위적으로 어떻게 하기보다는 시간이 흘러가면 자연스럽게 대원들이 자신의 길을 결정하는 편이 나을 거라 생각했고 빠르긴 했지만 결국 일이 이렇게 되었다.

이번에는 타람과 로에니 남매에게 시선을 돌렸다.

"저희는 스승님과 함께 움직이기로 했습니다."

다른 대원들과 달리 딱히 고향이랄 것이 없는 그들은 나크 훈을 따라 철월검류를 수련하면서 새로 창설하는 검술관의 일까지 보기로 한 것이다.

그건 가장 마지막에 합류한 시엥도 마찬가지였다. 같은 마법사이며 친형처럼 지낸 마론과 헤어지는 것이 아쉽긴 하지만 그는 결국 미노스와 함께하는 길을 선택했다.

"헤븐힐은 어떻게 하기로 했어?"

"저희 세 사람은 원래 계획대로 보름 동안 수련을 한 후 두 달에 걸쳐 툴람 왕국의 던전들을 공략하는 일정까지는 함께할게요. 그 뒤는 잘 모르겠어요."

그 이후에는 나크 훈이 주축이 되어 툴람 왕국에 검술관을 낼 계획이기 때문에 가온도 아직 특별한 계획은 없었다.

"좋아. 그렇게 하지."

이제 가온은 남은 사람들에게 시선을 주었다. 아그레시아 정보 길드 출신 대원들이다.

"저희 역시 이계인 대원들처럼 수련과 던전 공략까지는 동행하겠지만 그 이후는 잘 모르겠습니다. 아무래도 아그레시아의 일이 걸려서 그쪽으로 가야 하지 않을까 싶습니다."

루크가 다섯 명을 대표해서 의견을 밝혔다. 네 명은 덤덤한 얼굴이었지만 나디아의 경우 우울해 보이는 것을 보면 다른 의견을 가지고 있다가 마지막에 설득당한 모양이다.

아그레시아와 툴람은 전통이나 문화가 상이하고 그들의 기반은 아그레시아에 아직 남아 있기에 검술관의 개관 이후에는 아무래도 다른 행보를 걸을 확률이 높았다.

그렇게 대원들의 향후 거취에 대한 계획을 들으면서도 영영 헤어지는 것이 싫다고 생각해서 그런지 갑자기 가온의 머릿속에 한 가지 생각이 떠올랐다.

"지금 방금 들은 생각이기는 한데 이왕 이렇게 헤어질 거라면 철월검관의 본관을 여는 것과 동시에 루시아, 아그레브, 그리고 아그레시아에 지부를 내는 것도 나쁠 것 같지 않습니다."

가온의 말에 이계인 대원들을 제외한 나머지 대원들의 눈이 커지더니 거세게 고개를 끄덕였다.

어차피 온 클랜원들은 모두 나크 훈의 지도를 받았고 그를 스승으로 모시고 있다. 그러니 세 개의 지부를 열고 운영을 하게 되면 지금까지 맺은 유대 관계가 끊기는 것이 아니라 유지되거나 혹은 강화될 수도 있었다.

나크 훈이 정기적으로 매년 지부를 순회하면서 더 깊은 내용까지 지도를 할 수도 있고, 지부 인원들이 툴람 왕국의 본

관으로 수련차 방문하는 방식으로 관계를 유지하고 철월검관도 성장시킬 수 있을 것이다.

가온의 제안에 나크 훈부터 시작해서 모든 대원이 가온의 생각을 실체화시키기로 했다. 물론 자금이나 제자를 받아들이는 문제 등 논의할 것이 많아서 동시에 지부를 열 수는 없고 최대한 빠르게 진행하기로 했다.

그렇게 인연을 더 이어 갈 수 있는 방책이 나오자 우울했던 분위기는 순식간에 사라지고 여느 때처럼 시끌벅적해졌지만 가온이 자리에서 일어나자 이목이 집중되었다.

"지금 바로 헤어져야 하는 대원들도 있고 한동안 툴람에서 함께하는 대원들도 있지만 모두 숙고해서 내린 결정이라고 생각합니다. 다만 명심할 것은 우리는 모두 온 클랜이라는 이름으로 묶인 사이이며 지금의 이별은 잠시에 불과하다는 사실입니다. 그래도 한동안 보지 못할 동료들이 있으니 오랜만에 술이라도 한잔하면서 아쉬움을 달래도록 하지요."

다시 만날 사이이기에 이런 시간은 꼭 필요했다.

바로 송별 회식이 시작되었다.

대원들은 일부와 앞으로 한동안 볼 수 없다는 아쉬움을 술과 대화로 풀었다. 그동안 술을 마실 기회는 많았지만 수련과 전투로 인해서 편하게 마신 적이 없었기에 이번 회식은 달랐다.

다들 술에 취해서 횡설수설하거나 불콰한 얼굴로 잠이 들

때까지 술자리는 계속되었다. 그만큼 다들 아쉬운 것이다.

가온은 누구보다 많이 마셨기에 술기운에 어질어질할 정도로 취했지만 연공으로 풀지는 않았다. 굳이 연공으로 술기운을 날려 보내지 않아도 취한 상태는 오래가지 않을 것이다.

살짝 졸았다가 눈을 떠 보니 숙소 안은 난리도 아니었다. 졸기 전만 해도 몇 명은 알아듣지도 못할 소리를 지껄이고 있었는데, 지금은 다들 술 냄새를 풀풀 풍기며 이곳저곳에 쓰러져 죽은 듯 잠을 자고 있었다.

대원들의 이런 모습은 한 번도 못 봤기에 가온은 고개를 절레절레 흔들었다.

"다들 감정적이 되어서 그런지 술이 많이 약해졌네."

그 소리와 함께 일어나는데 순간 시야가 흔들렸다.

'브랜디를 너무 마셨나?'

회식주로 와인이나 맥주 대신 생명의 아공간에서 모라이족의 주도로 최근 생산한 브랜디를 꺼냈는데 이게 입에 맞았는지 다들 목에 들이붓다시피 마신 것이다.

어나더 문두스를 시작한 후 취해 본 적이 없었던 그까지 균형을 유지하지 못할 정도로 말이다.

가온은 취기를 쫓기 위해서 잠시 산책을 하기로 했다. 온 집 안에 술 냄새가 진동해서 이대로 있다가는 냄새에 취할 것 같았기 때문이다.

밖으로 나오니 벌써 정오가 넘었다. 거의 반나절 이상 송별 회식을 한 것이다.

숙소를 전담하고 있는 고용인들이 바삐 오가며 가온에게 공손하게 인사를 했다.

가온은 그들 중 한 명에게 오늘 점심 식사를 준비할 필요가 없다는 사실을 알려 주고 온천을 따라 천천히 걸으며 사색에 잠겼다.

'하아!'

미리 예상은 했지만 막상 원년 멤버 대부분이 이탈하는 상황이 벌어지자 가온도 마음이 영 불편했다. 마치 굴러들어온 돌이 박힌 돌을 빼낸 상황인 것이다.

철월검관을 중심으로 여전히 인연을 유지하기로 했지만 원년 멤버들과는 오랜 시간을 함께한 만큼 아쉬움이나 심리적인 상실감이 꽤 컸다.

'당분간 혼자 돌아다녀 볼까?'

문득 그런 생각이 들었다.

원래 그가 예지몽을 꾼 후 어나더 문두스를 시작했을 때만 해도 올라운더 솔로 플레이어를 지향했다. 당시만 해도 사람에 대한 믿음이 없어서 모든 것을 혼자 하려고 했었다.

물론 마음에 맞는 대원들을 만나서 인간에 대한 불신감은 거의 사라졌지만 시스템의 백도어인 벼리의 존재 등 남들이 알면 안 되는 비밀을 간직하고 있는 가온이기에 클랜의 규모가 커지면서 알 수 없는 불편함을 느끼곤 했었다.

어찌 보면 일단 마음에 들고 신뢰할 수 있다고 생각하면 마음이 시키는 대로 마구 퍼 주는 것도 더 이상 사람에게 실망하기 싫다는 마음에서 비롯한 행동일지도 모른다.

예지몽 속에서 자신 때문에 이혼까지 한 부모님의 영향도 있을 것이고 잘해 주면 배신할 가능성이 낮아진다는 계산을 했을지도 모르겠다.

'나는 배신을 당하거나 버림받을 것을 두려워하는 걸까? 그러면서도 외로운 것은 싫고.'

문득 그런 생각이 들었다. 무의식중에 그런 걱정을 하고 있기에 투하란과 뜨거운 사랑을 하고도 얼마 지나지 않아서 아레오와 아나샤를 사랑하게 된 것은 아닐까 싶었다.

'트라우마일 수도…….'

비록 예지몽에서 벌어진 일이지만 자신을 이용하는지도 모르고 어울리던 친구에게 배신을 당하고 그 결과로 가정까지 해체당하는 일을 겪은 것에 대한 트라우마가 남아 있는 것 같았다. 그래서 트라우마가 무서운 것이다.

아무튼 대원들은 자신의 갈 길에 대한 결정을 내렸다. 대장인 그로서는 그들의 결정을 존중해 주고 도울 수 있다면 돕는 것이 최선이었다.

그렇게 마음의 결정을 내리고 숙소로 향하던 가온은 익숙한 인물을 보고 걸음을 멈추었다.

오트 왕국으로

"각하?"

헤트랑 공작이었다. 찾아오겠다고는 했지만 일국의 공작이나 되는 고위 귀족이 직접 이곳까지 찾아올 줄은 몰랐다.

"하하하! 오랜만일세. 잘 지내고 있었나?"

"잘 지내고 있기는 한데, 여긴 어쩐 일로……?"

"신세 진 일 때문에 마음이 불편해서 말이야."

보상을 하겠다고 찾아왔다는 공작이지만 가온은 곧이곧대로 믿지는 않았다. 일국의 공작 정도 되는 인물이 단순히 대가를 주겠다고 타국의 왕실 휴양지까지 찾아오는 것은 말이 안 된다.

"천천히 주셔도 되는데……."

"아닐세. 겸사겸사 자네에게 할 말도 있고 말이야."

"어쨌든 먼 길 오셨으니 이쪽으로 앉으십시오."

가온은 온탕 옆에 있는 테이블로 공작을 안내했는데 검기 완숙자 실력의 두 기사가 공작을 수행했다.

헤트랑 공작과 두 호위기사가 테이블에 앉자 가온은 아공간 주머니에서 찻주전자와 백초차 그리고 찻잔과 물병을 꺼냈다. 찻주전자에 물을 붓고 손바닥에 올린 후 화기를 방출하자 물은 순식간에 끓어오르기 시작했다.

그렇게 아무런 화기(火器)도 없이 마나를 운용해서 차를 끓이는 모습을 지켜보던 두 기사는 경악했다.

'속성이 있는 마나를 사용하다니!'

그들은 지금 가온이 마법을 사용하지 않는다는 사실을 잘 알고 있었기에 더욱 놀랐다. 속성을 가진 마나를 축적하는 것은 그만큼 어려웠고 그런 마나를 다루는 것은 더욱 힘들었다. 그만큼 속성을 가진 마나의 위력은 강력했다.

속성을 가진 마나를 다루는 능력이 없다면 소드마스터라고 해도 이런 기예를 발휘할 수 없었다.

'밖으로 전혀 기세가 흘러나오지 않는 것을 보면 정보국의 판단대로 소드마스터가 확실해!'

'온 대장이 점보 던전을 클리어하는 데 결정적인 역할을 했다는 말이 사실이구나.'

이런 강자가 현재 툴람 왕국에 머무르고 있으니 헤트랑 공작이나 왕실에서 몸이 달 수밖에 없었다.

무심코 차를 한 모금 마신 세 사람의 눈이 휘둥그레졌다.

'무슨 차가?'

마치 전설의 엘프차처럼 입안은 물론 머릿속과 온몸 전체가 청량한 기운으로 가득 찼다.

하지만 그 순간 가온은 잊고 있었던 한 가지 사실을 떠올렸다.

'아! 루의 목걸이!'

당시 받은 보상 중 신성력을 하루 다섯 번까지 세 배로 증폭시켜 준다는 아이템을 받고 매디에게 주려고 생각했다가 잊어버리고 말았다.

'그러고 보니 유적에서 얻은 것들도 있지.'

헤븐힐은 전문적으로 의학을 공부했고 이미 면허까지 받은 의사였다. 혈액 공포증으로 인해서 잠시 의사의 길에서 이탈했지만 의사인 만큼 유적에서 얻은 유물들이 그녀에게 큰 도움이 될 것이다.

그 생각을 하자 자연스럽게 얼마 전 현실에서 매디와 만났던 일과 옷을 사는 과정에서 조금은 가까워진 사실까지 떠올랐다.

당장 생명의 아공간에서 한창 수련하고 있을 아레오와 아나샤는 물론 투하란 왕녀가 떠올랐지만 가온은 마음이 시키는 대로 행동하기로 했다.

"커험! 차 맛이 아주 훌륭하군. 대체 무슨 차인가?"

그새 차를 다 마신 헤트랑 공작이 입맛을 다시며 물었다.

"스파인 산맥 심처에 거주하는 엘프족에게 선물 받은 차입니다."

"오오오!"

"엘프차!"

세 사람은 일제히 탄성을 질렀다. 엘프차가 따로 있는 것은 아니다. 엘프들이 생산하는 차이기에 그렇게 부르는 것인데 엘프족이 모습을 보이지 않은 지가 너무 오래되어서 엘프차의 존재도 잊혔다.

그런 희귀한 차를 자신들이 지금 직접 마시고 있다고 생각하니 감탄할 수밖에 없었다.

"많지는 않아도 조금 남아 있는데, 드릴까요?"

가온의 말에 헤트랑 공작은 한번 빼는 시늉도 하지 않고 고개를 격렬하게 끄덕였다.

"고맙네. 그리고 이건 우리 헤롯의 목숨을 구해 준 것에 대한 감사의 선물이네."

한 줌의 백초차를 챙긴 헤트랑이 품속에서 내민 것은 손바닥 크기의 금속 상자였다.

"뭡니까?"

"헤롯이 먹었던 영초라네."

"네룬산 깊숙한 곳에서 발견했다는 그 영초 말입니까?"

엄청난 양기를 가지고 있었고 여자를 홀리는 향기를 뿜었다는 그 영초가 더 있었던 모양이다.

“그렇다네. 자네 정도가 아니면 오히려 독이 될 수 있다고 생각해서 주는 것이네.”

“감사히 잘 받겠습니다.”

당시 가온은 영초를 복용한 헤롯의 몸에서 흡정장갑을 통해서 막대한 양의 마나를 흡수할 수 있었다. 또한 기존의 마나오션에 더해서 세 곳의 마나 저장소를 발견하고 채우는 데 성공하는 기연을 얻었다.

사실 지금 가온에게는 영초가 필요하지 않았다. 아니, 극렬한 양기를 가진 영초는 복용하면 절대로 안 되는 상황이다. 지금 그의 몸에는 감당하기 힘들 정도로 엄청난 양기가 곳곳에 흩어져 있었기 때문이다.

하지만 가온은 이런 영초를 흔쾌히 선물한 헤트랑 공작에게 진심으로 감사했다. 그래도 막대한 양의 양기를 가진 영초는 언제고 큰 도움이 될 것이다.

“헤롯 영애는 어떻게 지내십니까?”

“자네 덕분에 검기 사용자가 되었네.”

“오옷! 축하드립니다!”

가온은 진심으로 감탄했다. 자신이야 이레귤러지만 헤롯의 경우 나이도 나이지만 근력이나 지구력이 태생적으로 약한 여성임에도 불구하고 검기 사용자가 된 것은 굉장한 경사였다.

"축하는 무슨! 자칫 결혼을 하지 못할까 봐 걱정이네."

헤트랑 공작은 쓴웃음을 지었다. 그도 그럴 것이 벌써 검기 사용자가 된 헤롯의 상대가 될 수 있는 젊은 귀족 자제는 거의 없었다.

그 후로도 두 사람은 헤롯에 대한 이야기를 나누었지만 가온은 헤트랑이 대화에 집중하지 못한다는 점을 파악했다.

"각하, 하실 말씀이 있으면 하십시오."

"티가 났나?"

"티가 난 것이 아니라 상황이 그래서요."

아무리 손녀의 목숨을 구해 준 은인이고 영초의 가치가 높다고 해도 일국의 공작이 타국까지 찾아올 정도는 아니다.

더구나 지금은 수많은 던전에서 쏟아져 나오는 마수와 몬스터의 창궐 사태가 해결되지도 않은 시점이었다.

"자네가 먼저 말을 꺼내 주어서 기쁘군. 사실 어떻게 말을 꺼낼까 많이 고민했거든."

"무슨 일입니까?"

"본국에 마족, 그중에서도 뱀파이어 로드가 보스인 것으로 의심되는 던전이 나타났네."

"뱀파이어가 확실합니까?"

판타지 기반의 소설이나 게임에는 반드시 등장하는 뱀파이어지만 어나더 문두스의 설정상 탄 차원은 마계와 연결이 되어 있지 않았다.

"확실하지는 않네. 추정일 뿐이지."

"추정의 근거는요?"

"두 달 전, 수도 인근의 밀프 백작령에서 대형 던전이 발견되었네. 왕국에 보고가 올라왔고 당시만 해도 점보 던전을 공략하던 중이었기에 검기 완숙자가 이끄는 백작가의 기사단에 던전 공략 임무를 맡겼네. 그리고 해당 기사단은 검기를 사용할 수 있는 기사 80여 명이 있었고 왕실에서도 검기 완숙자 세 명을 지원해서 던전을 공략하기로 했지."

"설마 아무도 안 나온 겁니까?"

"맞네. 그것만이 아니네. 20일 간격으로 연이어 공략에 나선 두 대형 용병단도 던전에서 나오지 못했네."

"그럼 뱀파이어는 어떻게 된 겁니까?"

던전을 빠져나온 이가 없는데 어떻게 뱀파이어가 언급되는 것일까?

"던전이 있는 백작령에 흡혈을 당한 사체가 발견되었고 최근 들어서 숫자가 빠르게 늘고 있다는 보고가 들어왔네."

흡혈을 당했다면 뱀파이어가 틀림없었다. 그리고 뱀파이어는 전형적인 마족이었다.

"그럼 던전을 지키는 병력이 없단 말입니까?"

"백작령의 또 다른 기사단이 상주하고 있었는데 그동안 절반 이상이 실종되거나 피가 모두 빨린 상태로 발견된 후 철수했네. 던전을 빨리 공략하지 못한다면 백작령은 물론이고 왕국까지 위험해질 수 있는 상황이네."

피가 모두 빨린 사체라면 당연히 뱀파이어가 나타났다고 추정할 수밖에 없긴 했다.

"기사 전력은 충분할 것 같은데 왜 굳이 저를 찾으셨습니까?"

던전 의뢰야 환영이지만 그 점이 이해가 가질 않았다. 점보 던전을 공략하던 왕국의 기사들이 모두 귀환한 상황이 아닌가.

"그게……."

헤트랑 백작은 점보 던전을 공략하고 돌아온 고위급 기사들 중 상당수가 당시 받은 보상인 차원 이동을 감행했으며 아직 복귀하지 않은 경우가 대부분이라고 설명을 해 주었다.

'잿밥에 눈이 멀었네.'

아니, 이건 왕국 측의 실수에 가까웠다. 이런 사태를 대비하지 못하고 이계의 보물에 욕심이 나서 고위급 기사들을 차원 이동시켰으니 말이다.

'어쩌면 왕국 차원에서도 보상을 노리고 차원 이동을 장려했을 수도 있겠군.'

실력이 정체되어 경지를 넘고자 하는 기사들의 염원을 못 이기는 척 들어주는 동시에 왕국에서도 뭔가 챙기려고 했을 것이 틀림없었다. 그렇지 않다면 국왕과 귀족들에 얽매여 있는 기사들 대부분이 차원 이동을 감행할 수는 없었다.
"좀 도와주게!"
"대가는 어떻게 됩니까?"
다른 이들에게는 몰라도 뱀파이어에게 가온이라는 존재는 천적이었다. 성녀인 아나샤도 있거니와 가온 본인도 막대한 신성력을 가지고 있으니 말이다.
"300만 골드와 왕실 보고를 개방하겠네. 자네 눈에 드는 것은 거의 없겠지만 그래도 세 점까지는 반출할 수 있네."
왕실 보고에 있는 물건이기는 하지만 보물급은 아니라는 얘기다. 그래도 점보 던전보다 오히려 더 조건이 좋은 것을 보면 그만큼 왕국에서는 심각하게 여기고 있는 것 같았다.
"좋습니다."
안 그래도 마음이 심란하던 참이었는데 잘됐다는 생각이 들었다. 물론 보름간 집중 수련을 하기로 한 클랜원들은 이곳에 놔두고 혼자서 움직일 생각이다.
'아, 혼자는 아니지.'
아레오도 있고 아나샤도 있다. 이제 막 정착한 스노족과 모라이족은 논외로 치더라도 헤르나인이 이끄는 엘프 전사들도 있고 예하가 이끄는 나가족 전사들도 있다.
"고, 고맙네! 이렇게 흔쾌하게 내 부탁을 들어줄 줄은 몰랐군. 혹시 몰라서 챙겨 왔는데 일단 돈부터 받게."
헤트랑 공작은 아공간 주머니 하나를 내밀었다. 그 안에

300만 골드가 들어 있는 것이다.

"지금은 무력이 강한 고위 귀족들이 차원을 건너가는 바람에 내가 너무 바쁘다네. 혹시 자네를 내가 직접 맞이하지 못한다고 하더라도 서운해하지 말게나."

"그럴 리가요."

가온은 이틀 후에 직접 오트 왕국의 수도인 나팅헨에 소재한 바람의 마탑 본부로 가기로 했다.

그곳에서 안내인과 만나서 왕궁에 들어간 후 왕실 보고에 먼저 들러 보물 세 점을 수령하기로 했다. 이미 신뢰가 생긴 만큼 선금으로 모든 것을 받는 것이다.

"자네가 요청하면 우리 공작가의 기사단 하나를 붙여 주겠네."

온 클랜의 전력을 어느 정도 알고 있는 공작은 혹시 전력이 부족할까 두려운지 그런 제안도 했지만 가온이 거절했다.

"변신과 비행 능력을 가진 뱀파이어라면 소수 정예로 공략하는 편이 낫습니다. 공작가의 기사단은 차라리 밀프 백작령에서 활동하는 뱀파이어를 토벌하는 것이 낫겠습니다."

"안 그래도 그렇게 할 생각이라네. 아무튼 자네가 의뢰를 맡아 준다니 국왕 폐하를 뵐 면목이 서겠군.

헤트랑 공작은 생각보다 일이 잘 풀려서 그런지 마음을 놓았다. 실력이 뛰어난 기사 대부분이 차원 이동을 했기 때문에 오트 왕국은 물론 공작가도 심각한 전력 공백을 겪고 있었다.

다음 날, 떠나기로 한 대원들은 숙소 관리인의 배려로 마차를 타고 온천을 떠났다. 물론 다시 만날 기약이 있었기에 섭섭하기는 했지만 비교적 밝은 얼굴이었다. 그저 잠깐 어딜 다녀오는 것처럼 담담하게 떠나고 보냈다.

다만 세르나가 젖은 눈으로 한참이나 그의 움직임을 좇았지만 끝내 개인적인 말은 꺼내지 못하고 떠나는 것이 가온은 마음에 좀 걸렸다.

그렇게 떠날 대원들이 떠나자 남은 대원들은 안내인을 따라 숙소를 옮겼다. 이곳을 찾는 왕가의 인물들이 간혹 사용한다는 비밀 연무장과 가까운 숙소였다.

"오! 정말 좋은걸."

"툴람 왕국에서 제대로 신경을 쓰는 것 같습니다."

연무장의 시설을 확인한 대원들은 큰 만족감을 드러냈다. 5서클 공격 마법까지 견딜 수 있는 배리어가 작동하는 연무장들은 물론, 중상급 마정석으로 구동되는 마나 집적진이 무려 10개나 있었고, 다양한 수련을 할 수 있는 장치들이 준비되어 있었다.

헤븐힐과 바로 그리고 매디는 점보 던전을 클리어한 보상으로 받은 포인트로 구입한 스킬을 중점적으로 익힐 예정이었고, 나머지 대원들은 이곳에서 보름 동안 나크 훈으로부터 철월검류의 비기를 전수받을 예정이다.

가온은 대원들에게 개인적인 용무를 보기 위해서 보름 동안의 집중 수련에는 빠지겠다고 양해를 구했다.

다행히 다들 이번에 가온이 만나고 온 볼코트 마법사와 관련된 일을 처리하는 것이라고 착각을 해 주었기에 상세한 설명을 하지 않고도 넘어갈 수 있었다.

"보름 후에는 꼭 돌아올 거지?"

출발하려는데 나크 훈이 슬쩍 물었다. 툴람 왕국과의 대화 창구가 가온이기에 당연한 반응이었다.

"네, 스승님. 그럴 일은 없겠지만 혹시 제가 늦으면 툴람 측이 제시한 던전 중 하나를 골라서 공략하고 계십시오."

"그래, 그러마."

두 사제는 굳이 몸조심하라는 당부는 하지 않았다. 그만큼 서로를 믿는 것이다.

오트 왕국의 수도인 나팅헨.

바람의 마탑 본부 지하에 위치한 텔레포트진이 활성화되더니 가온의 모습이 나타났다.

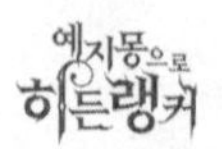

"오! 왔군. 오랜만일세."

안면이 있는 마법사가 그를 기다리고 있었다. 링거 마법사였다.

"그간 잘 지내셨습니까?"

"사실 좀 바빴네. 차원 이동 때문에 우리 마탑도 난리가 아니라네. 이러다가는 4서클을 지부장으로 보내야 할 판이네."

경지를 넘을 수 있는 희귀한 물품을 구입할 수 있는 갓상점의 존재는 마법사들에게도 큰 영향을 끼쳤다. 그래서 던전 공략에 관여했던 마탑의 마법사들도 명예 포인트를 획득하기 위해서 대거 차원 이동을 감행한 것이다.

"그런 의미에서 누구보다 가장 먼저 차원 이동을 했을 것 같은 자네가 왕국의 어려움을 해결하기 위해 찾아온 것에 감사하네."

말하는 것을 보니 바람의 마탑은 다른 마탑과 달리 오트 왕국과 깊은 관계가 있는 것 같았다.

"아닙니다. 대가를 받고 하는 일인 걸요."

"물론 그렇기는 하지만 실력자들이 대거 빠져나가는 바람에 쉽게 전력을 차출할 수 없는 근위 기사단이나 마탑 입장에서는 자네의 결정이 참으로 고맙네. 그런데 다른 이들은 함께 오지 않았나?"

"일이 있어서 나중에 합류하기로 했습니다."

"하긴. 왕궁은 어차피 자네 혼자 들어가야 하니 굳이 지금부터 함께할 필요는 없겠지. 밖에 왕궁에서 보낸 안내인이 기다리고 있네."

링거는 가온이 혼자 던전을 공략하러 왔다고는 절대로 생각하지 않았다.

"반겨 주셔서 감사했습니다. 나중에 또 뵙지요."

"그러세. 그나저나 자네의 마법 스승인 볼코트 마법사라고 들었는데, 그 친구는 지금 어디에 있나?"

"마탑을 나와서 던전을 만들고 두 사형과 함께 연구를 하고 계십니다."

굳이 볼코트가 7서클이 되었다는 사실까지 알릴 필요는 없었다.

"그렇군. 우리 마탑이었다면 승승장구했을 친구가 하필 마탑 중에서도 가장 경직된 조직 문화를 가지고 있는 블루스카이 마탑에 들어가서 고생이군. 나중에 기회가 닿으면 우리 마탑에서 객원 장로로 지낼 생각은 없는지 알아봐 주게."

볼코트는 사실 블루스카이 마탑보다 다른 마탑에서 인정을 받고 있었다. 마탑주를 비롯해서 마탑을 장악한 세력의 견제로 인해서 일찍부터 외부 활동을 많이 하면서 능력을 인정받았다.

"그렇게 말씀을 드려 보겠습니다. 아마 거절하시더라도 호의에 감사하실 겁니다."

"꼭 말을 해 주게. 그나저나 최근 나라 분위기가 영 뒤숭

숭하네."

"무슨 일이 있습니까?"

"밀프 백작령에 출현한 뱀파이어 던전 때문이지. 세 번에 걸친 공략도 무위로 돌아간 상태에서 어제는 백작성 근처에서 헬하운드 무리가 목격되었기 때문에 더 난리가 났네. 아마 왕궁에 가도 헤트랑 공작은 못 만날 걸세. 던전 문제로 인해서 오늘 아침 일찍 귀족 회의가 소집되었거든."

헬하운드까지 출현했다면 그 던전은 마족들이 서식하는 것이 맞았다. 일명 '지옥개'라고 불리는 헬하운드는 마기가 짙은 곳이 아니면 생존할 수 없는 마계의 마수였다.

과도한 관심을 받을까 봐 걱정했기에 차라리 잘됐다는 생각이 들었다. 자꾸 귀족이랑 얽히는 것은 사양하고 싶었기 때문이다.

그렇게 링거와 안부 인사를 나눈 가온은 왕실에서 보낸 안내인을 따라 마차를 타고 왕실로 향했다.

·

기대했던 왕실 인사나 고위 귀족과의 만남은 없었다. 신분을 확인하는 절차를 거치고 왕궁 안으로 들어간 마차는 곧장 한 건물로 향했다.

"귀빈의 방문을 환영합니다. 이 건물을 관리하는 로부라이트라고 합니다."

평범한 외모지만 매섭게 빛나는 눈과 잘 정돈된 기도가 인상적인 노인이 가온을 맞이했다.

"온 훈이라고 합니다. 만나서 반갑습니다."

"보고 안에서 머무를 수 있는 시간은 반나절이며 음식과 물은 제공되지 않습니다. 또한 세 가지 물건만 가지고 나오실 수 있다는 사실은 안내를 받으셨습니까?"

가온이 고개를 끄덕이자 로부라이트라는 노인은 보고라고는 전혀 상상할 수 없는 작은 단층 건물 안으로 그를 안내했다.

'호오! 소드마스터에 근접한 검기 완숙자라. 기도를 숨기는 것이 자연스러운 것으로 보아서 소문으로만 들은 오트 왕실의 그림자 기사단에서 은퇴한 인물인가?'

각국의 왕실은 물론이고 고위 귀족가에도 드러내 놓고 처리할 수 없는 일을 처리하는 실력자 집단을 운용한다. 특히 왕실의 경우 기사급이 그런 일을 수행하기에 그림자 기사라고 부른다고 들었다.

하지만 굳이 호기심을 가질 필요는 없었다. 자신이 다시 이 오트 왕국의 왕궁에 방문할 일은 없었기 때문이다.

로부라이트는 거의 10분에 걸쳐 걸었다. 밖에서 본 건물의 규모를 생각하면 말이 안 되는 현상이다.

'호오! 얼마 전에 들어갔던 유적과 비슷하네.'

가온은 자신이 큰 반경을 그리며 지하로 내려가고 있다는 사실을 알 수 있었다. 착시 현상을 이용해서 걷는 당사자는 곧장 직진한다고 느끼지만 실제로는 큰 원을 그리며 아래로 내려가는 구조인 것이다.

그렇게 10여 분이 지나서 도착한 곳은 막다른 복도로 거대한 문 두 개가 끝을 장식하고 있었다.

로부라이트가 품에서 카드처럼 생긴 얇은 금속판을 꺼내 왼쪽 문의 상단에 삽입을 하자 강철로 만든 것으로 보이는 문이 양쪽으로 밀려나며 내부가 드러났다.

"이 옷을 입고 들어가시면 됩니다."

로부라이트가 내민 옷은 지구의 방화복처럼 얼굴을 제외한 전신을 감싸는 형태였는데 장갑과 장화까지 달려 있었다.

"그 옷을 입으면 마나를 사용할 수 없습니다. 그럴 일은 없겠지만 혹시나 싶어 말씀드리는데 저희 요원들이 보고 곳곳에서 귀빈의 행동을 지켜보고 있으니, 오해를 살 만한 행동은 삼가시기 바랍니다."

주의 사항을 들으면서 로부라이트가 준 옷을 입었는데 입까지 가려져서 코와 눈만 드러났다.

'확실히 이런 옷을 입고 있으면 설사 지켜보는 눈을 속인다고 해도 정해진 한도 이상의 물품을 챙길 수가 없겠네.'

어떤 재료인지는 알 수 없지만 옷을 입자 로부라이트가 말한 대로 마나를 사용할 수가 없었다. 마나 사용을 구속하는 특수한 아이템인 것이다.

안으로 들어가서 곧 오른쪽으로 꺾자 마침내 오트 왕국의 보고가 모습을 드러냈다.

'무구와 아이템이군.'

혹시 영약이나 스킬북 혹은 매직북도 있지 않을까 생각했지만 200입방미터 넓이의 보고에는 검을 비롯한 무기와 다양한 방어구가 7할 정도였고 나머지 3할은 팔찌나 목걸이와 같은 장신구 아이템이었다.

'아무래도 다른 방이 진짜였나 보네.'

보고가 하나가 아니라 둘인데 가온이 들어온 곳은 등급이 떨어지는 것들을 보관하고 있는 것 같았다.

'뭐 그래도 명품들도 간혹 보이긴 하니.'

상위의 보고가 아니라서 아쉽기는 하지만 크게 불만은 없었다. 어차피 그가 욕심낼 정도의 아이템은 왕궁의 보고가 아니라 갓상점에 있을 테니 말이다.

가온은 크게 주의를 기울이지 않고 구경한다는 가벼운 마음으로 아이템들을 둘러보았다. 아이템의 앞이나 옆에는 이름과 간단한 설명이 적혀 있어서 참고할 수 있었다.

'그나마 괜찮은 건 다섯 개 정도네.'

물론 자신이 쓸 용도가 아니라 대원들이 쓰면 좋겠다 싶은 것들이었다.

'다시 한번 돌아보고 결정하자.'

그때 벼리의 의념이 전해졌다.

-오빠, 오른쪽 벽의 세 번째 선반에 있는 옷을 한번 봐요.

벼리가 가리키는 곳에는 알 수 없는 재질의 천 옷이 반듯하게 개어져 있었는데 아까 둘러볼 때는 전투 내의 정도로 간주하고 별 신경을 쓰지 않았다.

'뭔데 그래?'

다른 아이템에는 명칭과 짧은 설명이 있었지만 이 옷에는 그런 것이 없었다.

-갓상점에서 한번 본 적이 있는 플렉시블 슈트 같아요.

'플렉시블 슈트?'

-방호력이나 통기성도 높지만 신축성이 아주 뛰어나서 착용자의 상태에 맞추어 늘어나고 줄어드는 슈트인데 거대화를 사용하는 오빠에게는 필요할 것 같아서요.

통기성도 뛰어나다니 파르 위에 걸쳐 입으면 될 것 같았다. 거대화 스킬의 유용성이 아주 뛰어나서 앞으로도 자주 사용할 것을 고려하면 반드시 선택해야 할 아이템이다.

설명을 보니 벼리가 말한 것과 동일했다.

'오케이! 득템!'

남들에게는 어떨지 모르지만 거대화 스킬을 자주 사용하는 자신에게는 활용도가 큰 아이템이다.

-주인님, 문을 기준으로 왼쪽 벽의 가장 상단에 있는 무지개 색깔의 구슬을 확인해 보십시오.

이번에는 알테어였다.

'레인보우 스톤? 소지하고 있으면 머리를 맑게 유지해 주

고 뇌를 활성화시키는 효과가 있다는데.'

—방출하는 마나 파장으로 보아서 특별한 존재가 남긴 영혼석 같습니다.

'이게 영혼석이라고?'

영혼석은 지고한 경지까지 정신을 수련한 인물의 머릿속에서 발견되는 특별한 돌로 알테어가 살았던 세상에서는 주로 대현자나 8서클 이상의 대마법사가 남긴다고 했다.

'영혼석을 어디에 쓰는 거지?'

—일단 항상심을 유지시켜 주고 머리를 맑게 해 주는 효과가 있어서 학습이나 정신 수련 그리고 마법사들의 수련에 큰 도움이 된다고 합니다. 그리고 확인된 것은 아니지만 영혼석에 내재된 힘을 흡수하면 생전의 대현자나 대마법사가 가지고 있던 정신 능력을 쓸 수 있다고 합니다.

'챙길 가치가 있다는 거지?'

—네. 주인님은 마검사이니 전투 중에 의식을 분리해서 마법을 사용할 때 도움이 될 겁니다.

그렇다면 챙겨야겠다.

그런데 설명서에 레인보우 스톤이라고 쓰인 이 구슬은 선명한 일곱 빛깔의 색이 조화를 이루고 있다는 점을 빼면 그리 대단해 보이지는 않았다.

혹시나 싶어서 음양기를 살짝 주입했더니 구슬에서 특이한 기운이 방출되었다. 심안으로 확인했더니 그 기운은 일곱 개의 고유 주파수를 가진 파장이었는데, 어퍼 오션에 자리한 음양기가 바로 반응을 보이기 시작했다.

'확실히 정신 능력과 연관이 있는 아이템이 맞네.'

가온은 거기까지만 확인하고 영혼석을 챙겼다. 설명대로라면 활용도가 무척 낮지만 한때 영생을 꿈꾸었던 리치가 추천한 것이니 선택하기로 했다.

-그럼 저는 정면의 두 번째 선반에 있는 대거를 추천드리겠습니다.

벼리와 알테어에게 자극을 받았는지 파넬도 추천을 했다.

'바람의 비도라…….'

대거를 집어 든 가온의 눈이 가늘어졌다. 미스릴이 다량 함유되었는지 마나를 아주 빠르게 받아들인 대거의 날이 순식간에 새파랗게 변하더니 이내 오러 블레이드가 만들어졌다.

'흠. 대거 자체도 명품이지만 자루 끝에 매달려 있는 이 투명한 실도 신기하네.'

한쪽 끝부분이 반지와 연결되어 있고 다른 한쪽은 대거의 자루 끝과 연결된 실은 투명에 가까워서 거의 보이지 않았다.

'투명한 실을 이용해서 대거를 조종할 수 있겠네.'

잘만 활용하면 날아가는 중에도 속도나 궤적을 바꿀 수 있고 심지어 실을 통해서 마나를 주입할 수도 있어 다양한 상황에서 유용하게 사용할 수 있을 것 같았다.

그렇게 가온이 아이템 세 개를 고르는 데 소요된 시간은 불과 30여 분밖에 걸리지 않았다.

때문에 로부라이트로부터 이상한 시선을 받았지만 다른 것은 눈에 들어오지 않았다. 그도 굳이 묻지 않았고.

그렇게 즐거운 보물 고르기 시간은 끝이 나고 이제 일할 시간이 다가왔다.

뜻밖의 만남과 거래

왕궁을 빠져나온 마차는 쉼 없이 달렸다. 수염을 덥수룩하게 기른 마부와 안내를 맡은 것으로 보이는 조수석의 기사를 제외하고는 아예 동행이 없었다.

'뱀파이어 던전으로 인한 피해가 생각 이상인가 보네.'

그래도 헤트랑 공작이 따로 사람을 보낼 거라고 생각했는데 그럴 여유도 없는 모양이다.

수도를 빠져나온 직후 창문을 연 가온이 밖으로 내다보았는데 수도 인근이라서 그런지 통행량이 꽤 많았다.

'사람들의 표정도 밝은 것이 최소한 이 주위는 안전한 모양이네.'

수도 인근이니 어쩌면 당연할 수도 있었는데 이계인으로

보이는 상인들도 꽤 많아서 눈길을 끌었다.

'상인 계열은 아직 크게 성장하지 못했구나.'

사냥과 던전 공략을 통해 폭발적으로 성장하고 있는 검사나 마법사 계열과 달리 상인 계열은 아직 상단의 규모를 갖추지 못하고 서너 명이 함께 상행을 하는 수준인 것 같았다.

상인과 달리 전사나 마법사 직업군은 별로 보이지 않았는데, 아마 자리를 잡고 사냥을 하거나 던전을 공략하는 중이어서 그럴 것이다.

'오후에나 되어 도착할 텐데 그동안 뭘 할까?'

마부도 그렇고 자신이 불편해서인지 마부 옆에 앉은 기사 역시 과묵한 성격인 것 같아서 굳이 대화를 시도하고 싶은 생각은 없었다.

오트 왕국에 정착을 할 것도 아니니 이곳 상황을 파악할 필요도 없었다.

심심했던 가온은 보고에서 가지고 나온 바람의 대거를 꺼냈다. 바람의 대거는 자루에 연결된 투명한 실이 자동으로 감기는 가죽 팔찌에 수납할 수 있었다.

'대거가 아니라 비수에 가깝네.'

손잡이 부분이 표시되어 있기는 했지만 전체적으로 보면 유선형으로 나뭇잎과 비슷한 형태였다.

가온은 손잡이 부분과 연결된 실을 짧게 잡고 이리저리 움직이기 시작했는데 의외로 조종하는 데 어려움을 겪었다.

'굳이 시간을 들여서 익숙해질 필요가 없지.'

바로 갓상점에 접속한 가온은 비도술 카테고리를 검색했고 그 과정에서 이 대거와 유사한 무기와 관련된 스킬들을 찾을 수 있었다.

'애초에 대거에 줄을 연결해서 사용하는 비도술이 따로 있었군.'

한계가 뚜렷한 스킬이었기에 가장 높은 B등급을 선택했지만 가격은 불과 300포인트밖에 안 됐다.

바로 구매를 해서 비도술을 익힌 가온은 제법 넓은 실내에서 스킬을 수련했는데 파넬의 추천해서 선택한 대거가 생각보다 더 위력적인 무기이며 비도술 역시 강력한 위력을 가진 스킬이라는 사실을 깨달았다.

바람의 비도와 연결된 실의 재질은 끝내 알 수 없었지만 마나를 주입하면 더 굵게도, 가늘게 만드는 것이 가능해서 길이를 조절할 수 있었다. 심지어 줄을 칼 대신 사용할 수 있을 정도로 절삭력이 엄청났다.

섬세한 힘 조절만으로도 순간적으로 비도가 날아가는 궤적을 바꿀 수 있는 것은 물론이고, 마나를 사용하면 더욱 투명해지고 속도를 변화시킬 수 있어서 별생각 없이 받아치려고 할 경우 피할 수 없었다.

가온은 가도 중간에 잠시 멈추어서 간단하게 식사를 할 때를 제외하고는 줄곧 비도술을 수련했고, 목적지에 도착할 무렵에는 아주 오랫동안 다루었던 무기처럼 쉽게 다룰 수 있게 되었다.

'좋은 무기를 얻었네.'

손목 부분에 차고 있는 가죽 팔찌에 수납된 바람의 대거는 가볍게 손을 흔드는 동작만으로도 발출과 수납을 할 수 있었기에 상대의 허를 찌르는 기습이 가능했다. 더구나 줄을 통해서 대거에 마나를 주입하면 더 큰 피해를 입힐 수도 있었다.

해가 지는 시간, 가온을 태운 마차가 멈춘 곳은 높은 성곽의 윗부분이 살짝 보이는 숲 한가운데였다.

원래는 길이 없었는데 많은 사람들이 물자와 함께 이동하다 보니 자연스럽게 길이 만들어져 있어 마차가 숲 한가운데까지 이동할 수 있었다.

마차에서 내린 가온은 던전의 게이트가 있는 넓은 공터의 중심부에 모여 있는 일단의 사람들을 보고 고개를 갸웃했다.

헤트랑 공작에게 듣기로 던전을 지키던 기사단이 철수했다고 들은 것이다.

"저들은 누구요?"

"그건 저도 잘 모르겠습니다. 잠시만 기다려 주십시오."

바스라고 소개받은 기사도 어리둥절한 얼굴이었다.

사람들이 모여 있는 곳으로 갔다가 잠시 후 돌아온 바스의 표정은 좀 이상했다.

"이계인들입니다. 블루아이언 길드라고 하는데 이곳이 왕실에서 관리하는 던전인 줄 몰랐다고 주장하더군요."

"저들에게 물러나라고 말했소?"

"아닙니다. 공작 각하께서 말씀하시길 던전에 들어가고자 하는 자들이 있다면 굳이 출입을 통제할 필요는 없다고 하셨습니다. 다만 근처에 헬하운드가 출몰한다는 사실만 알려 주었습니다."

왕국 입장에서는 공략하겠다는 세력을 굳이 통제할 필요가 없기는 했다. 어차피 던전을 공략할 능력을 갖춘 왕국의 세력은 없으니 말이다. 특히 던전에 탐욕스러운 이계인들이라면 더욱 통제할 필요가 없었다.

"일행은 언제 합류하십니까?"

"며칠 여유가 있기는 한데 먼저 들어가서 상황을 살펴봐야겠소."

"혼자서 괜찮으실까요?"

바스는 이미 가온의 실력에 대해서 들은 바가 있었지만 기사단까지 공략에 실패하고 아무도 빠져나오지 못한 던전의 위험성을 고려해서 하는 말이었다.

"나에 대해서 들은 것이 있는지 모르겠지만, 내게는 비행 아이템이 있소. 걱정해 주어 고맙소."

"아! 들었습니다."

"나는 들어갈 생각인데 바스 경은 어떻게 할 생각이오?"

"저는 먼저 밀프성으로 가서 보고를 해야 할 것 같습니다. 출발하기 전에 동료들에게 듣기로는 헬하운드로 인해서 최소한의 경계 부대가 배치될 것 같다고 했으니 다시 이곳으로 돌아와야 할 것 같습니다."

"그럼 나중에 다시 봅시다."

"네! 그럼 순조로운 공략을 염원하겠습니다."

바스는 정중하게 기사의 예를 갖추어 인사를 하고 마부와 함께 떠났다.

마차가 떠나는 모습을 지켜보던 가온은 천천히 게이트를 향해 걸었다.

그런데 뜻밖에도 그의 이름을 부르는 이가 있었다.

"온 대장님!"

30여 명의 플레이어 중 안면이 있는 이들이 있었다.

"이게 누군가! 콜!"

예전에 잠시 동행했었던 콜과 무조 그리고 드골이 보였는데 그들 역시 반가운 얼굴로 사람들을 뚫고 가온을 향해 달려왔다.

"……해서 이곳까지 오게 되었습니다."

콜이 속한 블루아이언 길드는 은밀한 라인을 통해서 이 던전에 대한 극비 정보를 입수하고 2시간 전에 이곳에 도착했다고 했다.

"그러니까 그대들이 속한 그룹에서 이 던전을 공략하려고 한단 말이지?"

"네, 맞습니다. 마족이 서식하는 던전이라서 위험하겠지만 얻는 것이 많다는 판단입니다."

"그렇다면 전력을 어느 정도 자신하겠군."

"나름 자신은 하지만 공략 여부는 확신하지 못합니다. 헬하운드까지 나오는 던전이라면 저희가 입수한 정보대로 뱀파이어 던전이 맞을 텐데 저희 길드장도 그 정도 실력은 아닙니다."

"그러고 보니 세 사람은 왜 차원 이동을 하지 않았나? 차원 이동을 할 수 있는 징표는 이미 확보했을 텐데."

"그게, 자세히 말씀드리자면 얘기가 좀 깁니다."

콜이 곤란한 얼굴로 소리를 낮추어 대답하는 것으로 무슨 사연이 있는 것 같았다.

"어차피 오늘은 시간이 늦어서 던전에 들어가지 못할 테니 함께 저녁이나 먹으면서 얘기를 해 봅시다. 잘하면 내가 그대들의 힘이 되어 줄 수도 있을 것 같으니까."

"아! 그런데 헤븐힐과 매디 그리고 바로는 잘 지내고 있나요?"

함께 활동했던 동안 같은 플레이어인 헤븐힐 일행과 가까이 지냈던 무조가 물었다.

"잘 지내고 있소. 점보 던전에서 나온 지 얼마 되지 않아서 휴가를 즐기는 중이지."

"안 그래도 온 클랜이 점보 던전을 클리어하는 데 핵심적인 역할을 수행했다는 소문을 들었어요. 정말 부러워요. 우리 길드도 온 클랜처럼 제대로 활동해야 하는데……."

뭐가 부러운지는 모르겠지만 조직의 지원을 받으며 벌써 검기 사용자가 될 정도로 급성장한 무조에게는 어울리지 않는 말 같았다.

"콜이 길드장이 아니라고?"

무조의 말을 듣던 가온은 아까부터 이상하게 느꼈던 부분이 떠올랐다.

"그렇습니다."

지원하는 세력도 세력이지만 콜과 드골 그리고 무조도 그 사이에 실력이 일취월장해서 검기 완숙자의 벽을 앞두고 있는 상황인데 이들보다 더 강한 플레이어가 있는 걸까?

'어쩌면 이들의 배후보다 훨씬 강력한 세력에서 양성한 초랭커일 수도 있겠군.'

그 생각을 하자 강한 호기심이 치밀었다.

"실력도 우리보다 높지만 무엇보다 배경이 아주 좋아요."

"배경이 좋다고?"

가온은 무조의 말에 급격히 흥미가 돋았다.

"네. 꽤 유명한 글로벌 식품 회사의 오너 직계거든요."

그렇게 대답하는 무조의 표정이 복잡한 것으로 보아서 그를 지원하는 세력뿐 아니라 집안의 도움까지 받은 모양이다.

그때 마침 사자의 갈기와 비슷한 긴 금발을 헤어밴드로 고정시켰지만 얼굴 자체는 무척 준수한 장신의 거한이 다가왔다.

"길드장, 이분이 바로 우리가 종종 얘기하던 온 클랜의 온훈 대장님이십니다."

"아! 뵙게 되어 반갑습니다! 점보 던전을 공략하는 데 지대한 업적을 세운 온 클랜과 온 대장님의 이름은 익히 들었습니다! 저는 블루아이언 길드를 이끌고 있는 갤러거 커트먼, 아니 갤입니다."

갤은 이곳에서 그 유명한 가온을 만날 줄은 몰랐었는지 인사를 하면서도 급격하게 커진 동공에 동경의 빛이 가득했다.

그때 벼리가 놀란 감정이 담긴 의념을 보내왔다.

–오빠, 갤은 초랭커예요, 그것도 현재 랭킹으로 14위인. 그리고 커트먼이라는 성으로 보아서는 기능성 음료로 유명한 디오니라는 음료 회사의 오너 가문에 속하는 것 같아요.

생각보다 거물이 등장했다.

"반갑소. 온 훈이라고 하오."

"제가 좀 나이가 들어 보이지만 이제 겨우 스물다섯 살입니다. 말씀 편하게 해 주십시오."

대외적으로 알려진 가온의 나이는 서른 전후이고 친해지

고 싶어서 하는 말 같은데, 가온은 어쩐지 살짝 기분이 나빠지려고 했다.

'아무리 봐도 내가 더 어려 보이는데.'

뭐 그래도 자신을 향해 동경과 경외감이 가득한 얼굴을 하고 있으니 이 정도는 봐줘야겠다.

"그러지. 그대 역시 지구의 초랭커인가? 아니, 콜 일행보다 기도가 강한 것으로 보아 수위권이겠군. 뛰어난 아바타이기도 하지만 노력을 많이 한 모양이네."

"……그걸 어떻게?"

갤은 콜 일행이 길드에 들어온 후 그들로부터 온 클랜과 클랜장인 마검사 온에 대한 이야기를 꽤 많이 들었다.

또한 다른 소문도 많이 들었다. 온 클랜이 점보 던전을 공략하는 데 큰 공을 세웠으며 온 대장의 실력은 최소 소드마스터일 거라는 내용이었다.

온 대장에 대해서 콜 일행에게 들은 가장 놀라운 얘기는 그의 사제가 자신들과 같은 플레이어이며 그 인물은 매직북을 통해서가 아니라 이 세계의 마법 체계에 따라 익히고 있다는 내용이었다.

그런 괴짜 플레이어는 얼마 전부터 모습을 드러내어 마법사 플레이어들의 우상으로 떠오른 러시아 출신의 엘리아 이바노프밖에 없었다.

그래서 갤이나 그가 속한 여명에서도 그 플레이어를 수소

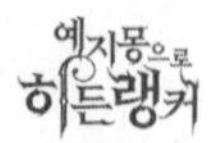

문해서 영입하려고 했다.

제대로 마법을 익힌 그런 인물은 매직북으로 마법을 익힌 경우와 달리 현실에서 르테인, 아니 기만 축적하면 어나더 문두스는 물론 현실인 지구에서도 마법을 쓸 수 있으니 말이다.

하지만 온은 이 탄 차원의 인물이고 자신은 플레이어이기 때문에 접점이 없다고 생각해서 시간을 들여서 알아보기로 했고, 시간이 흐르자 그런 사실도 잊었는데 그의 사형이자 현재 탄 차원에서 가장 유명인이라고 할 수 있는 온 대장을 이렇게 만나게 될 줄은 몰랐다.

갤도 검을 익힌 검사다. 그러니 소드마스터를 직접 만난 것에 감격하고 흥분할 수밖에 없었다.

그런데 그 인물은 놀랍게도 자신이 차원을 넘어왔으며 지구에서 어떤 존재인지도 알고 있으니 놀라고 당황스러울 수밖에 없었다.

'자신의 사제에게 들은 건가?'

갤로서는 그렇게 생각할 수밖에 없었다.

그때 뒤쪽에서 식사가 준비되었다는 말이 전해졌다.

"저녁이 준비되었다니 드시고 다시 말씀을 나누시지요."

"고맙게 먹겠소."

안 그래도 비도를 수련하느라 점심을 간단히 먹었더니 시장했던 가온은 갤과 콜 일행을 따라 블루아이언 길드가 만든 숙영지로 향했다.

저녁 메뉴는 간단했다. 빵과 먹기 좋게 불린 육포가 전부였다. 어나더 문두스의 플레이어들에게는 식사는 공복을 해소하는 것 이상의 의미는 별로 없었다.

식사를 마친 가온은 갤과 콜 일행의 요청대로 따로 자리를 가졌다.

"다시 생각해 봐도 지구의 지도자들이 우리 세상의 지도자들보다 훨씬 더 나은 것 같군. 우리 세상의 지도자들은 아직도 차원 융합의 위험성을 제대로 모르고 있는데 말이야. 그대를 지원하는 세력의 이름은 뭔가?"

"……룩스라고 합니다."

원래 세력의 이름조차 비밀이었지만 잠시 고민하던 갤은 사실대로 대답하기로 마음을 먹었다.

"룩스라, 내 사제에게 배운 지구의 고대 언어에 따르면 새벽빛 혹은 여명이라는 뜻인 것 같은데 부디 이름과 같은 이상을 품고 있는 정의로운 단체이길 바라네."

갤은 물론 콜 일행도 가온의 말에 깜짝 놀랐다. 그가 지구에서도 라틴어라고 부르는 언어까지 알고 있을 줄은 정말 몰랐다.

'맙소사! 정말 마검사구나!'

탄 차원의 정통 마법은 수재급이 아니면 익힐 수 없다는 것이 정설이다. 정통 마법을 익혀 최근 큰 유명세를 떨치는 엘리아만 해도 어린 나이에 박사 학위만 세 개를 딴 엄청난 천재였다.

서른 전후, 아니 서른은 훨씬 넘긴 나이겠지만 온 대장이 이 세상의 최강자 반열에 오른 검사이면서 마법까지 익혔다는 것은 그가 천재임을 확실하게 증명하고 있었다.

'이 사람은 무리지만 사제라는 플레이어는 꼭 잡아야 해!'

문명 자체가 아예 다른 지구의 플레이어이면서도 이 세계의 정통 마법을 익히고 있다는 사실만으로 엘리아에 버금가는 인물일 것이 확실했다.

만약 그렇게 온 대장과 인연을 맺어 둔다면 궁극적으로 여명에서 추구하는 목표를 보다 쉽고 빠르게 달성할 수도 있으니 욕심이 안 날 수가 없었다.

"내가 궁금해서 그런데 그대들, 초랭커라고 부르는 이들의 세력의 판도에도 변화가 있을 것 같은데, 어떻게 진행되고 있나?"

"……."

대답은 바로 나오지 않았다. 넷 모두 경악한 나머지 아무 말도 하지 못한 것이다. 이런 질문을 받을 거라곤 상상조차 하지 못했기 때문이다.

'어떻게 다른 차원인이 우리 지구의 상황, 그것도 극소수만이 알고 있는 비밀을 알고 있는 거지?'

그때 가온의 입이 다시 열렸다.

"콜 일행의 배후 세력도 상당히 강한 것 같은데 갤, 자네 세력 밑으로 들어간 것을 보고 초랭커들과 배후 세력들 간에도 큰 변화가 생긴 것 아닌가 추론을 한 거야."

"아!"

이제야 이해가 갔지만 그럼에도 그의 분석력에 소름이 끼쳤다.

"쉽게 꺼낼 수 없는 애기인 것 같으니 일단 이곳 상황부터 애기하지. 이 던전이 마족이 서식하는 던전인 것은 알고 있지?"

가온의 말에 네 사람은 심각한 얼굴로 고개를 끄덕였다.

"네 사람도 그렇고 길드원들의 기량이 플레이어치고는 높은 편이지만 그 정도로는 위험하지 않을까 싶은데……."

강하게 말할 수도 있지만 가온은 이들의 자존심을 고려해서 부드럽게 조언했다.

가온은 검기 완숙자들까지 포함된 밀프 백작령의 기사단과 두 개의 특급 용병단도 살아서 나오지 못할 정도로 위험한 던전에 아는 이들이 들어가는 것이 마음에 들지 않았다. 아무리 죽지 않는 플레이어라고 해도 한 번 사망하면 아주 많은 것을 잃어버리기 때문이다.

무엇보다 이들은 초랭커다. 이미 조직의 지원을 통해 레벨을 올릴 대로 올린 상태이기에 더 이상 레벨업을 하는 것도 힘들다.

그렇기에 사망에 따르는 레벨 다운의 후폭풍은 더 컸다.

"안 그래도 걱정입니다. 저희를 지원하는 그룹에서는 새로운 세상이 열리는 시간이 임박했다며 다그치지만 아무리 노력을 해도 이젠 쉽게 레벨을 올릴 수가 없기 때문에 받는 스트레스가 만만치 않습니다."

그렇게 말하는 갤뽄만이 아니라 콜 일행의 낯빛도 어두웠다.

"새로운 세상이라면 혹시 그대들이 사는 세상에도 던전이 생성되는 건가?"

"흡!"

가온의 추측에 네 사람은 헛바람을 토했다. 가온이 거기까지 꿰뚫어 보고 있을 줄은 몰랐기 때문이다.

너무 놀라서 가온 역시 놀라고 있다는 사실은 전혀 짐작도 하지 못했다.

'역시 예지몽이 맞구나!'

두 번째로 꾼 예지몽에서는 얼마 후에 지구에도 차원 융합의 전조인 던전들이 나타나고 수많은 인명 피해가 발생한다.

"초랭커들이 모두 그대들 정도의 실력이라면 마나, 아니 르테인을 축적하지 않은 상태라고 해도 초기에 생성되는 던전 정도는 문제없이 공략할 수 있을 텐데."

가온이 르테인까지 언급하자 네 사람은 다시 낯빛이 변했지만 이전과 달리 금세 신색을 회복했다. 거듭된 충격에 내성이 생긴 것이다.

"휴우! 문제는 그 실력이 이곳에서만 적용된다는 점입니다. 현실에서는 이제 겨우 르테인, 아니 마나를 느끼고 수위권의 초랭커라고 해 봐야 그동안 축적한 소량의 기로 육체적인 능력을 높이는 정도에 불과합니다."

"그런 문제가 있었군."

사실 처음 등장하는 던전은 가온 혼자서 깔끔하게 정리할 수 있는 수준이었다. 가장 강한 몬스터라고 해 봐야 오크 정도에 불과했기 때문이다.

예지몽에서 수많은 피해가 발생한 것은 극소수를 제외하고는 전혀 예측하지 못했던 사태였고, 총기류가 마수나 몬스터 들의 생체보호막을 효과적으로 공략하지 못한다는 점 때문이었다.

그래서 초랭커들이 등장해서 기 혹은 르테인을 주입한 냉병기를 사용하고 나서야 던전으로 인한 사태를 해결할 수 있었다.

"사실 당시 소속되었던 조직에서는 2년 후를 얘기했습니다."

그렇다면 갤이 소속되었던 조직도 지금 여명으로 통합되

었을 것이다.

"그대들의 세상에 던전이 생기는 시점을 말인가?"

"네. 그동안 열심히 던전을 공략하고 차원 의뢰를 수행해서 갓상점을 통해 위기를 극복할 수 있는 기반을 마련하려고 했습니다. 현실에서도 사용할 수 있는 스킬들을 익힌 후 수련을 통해서 전 세계적인 위기를 극복할 실력을 키울 계획이었는데, 지금으로선 곧 생성될 것으로 예상되는 던전을 공략하는 건 무리입니다."

"다른 초랭커들의 실력은 어떤가?"

"저희도 조직을 통해 말만 들었는데 이십여 명 정도는 현실에서도 기를 사용해서 몸을 강화할 수 있을 정도의 실력이라고 합니다. 그래서인지 조직의 채근과 압박이 최근 들어서 더욱 심해졌습니다."

가온은 첫 번째 예지몽 속에서 지구에 던전이 생성되고 초기에 많은 피해를 입은 후 초인이라고 불리는 극소수의 초랭커들이 등장해서 던전을 공략한다는 것을 보았다.

'그게 봄이었던 것 같아.'

워낙 오랜 시간에 해당하는 예지몽을 꾸어서 그런지 기억이 가물거렸지만 만물이 생동하는 봄에 지구에 최초의 던전들이 등장한 것은 확실했다.

벌써 어나더 문두스가 출시된 지 1년 가까이 되어 가니 얼마 남지 않았다.

"골치 아픈 상황이군."

"그래서 말인데, 이번 던전에서 저희를 좀 도와주시면 안 될까요?"

"뭘 말인가?"

"저희를 좀 키워 주십시오. 조금만 더 포인트를 모으면 원하는 것을 구입할 수 있을 것 같습니다."

이전에 콜 일행에게 했던 버스를 태워 달라는 얘기였다.

"부탁드립니다!"

"제발 부탁할게요."

네 사람이 그 자리에서 무릎을 꿇고 애원했다.

"왜 그렇게 간절한 거지? 꼭 자네들이 아니라도 누군가 그 사태를 해결할 수 있으면 되는 거 아닌가?"

그냥 묻는 것이 아니라 진짜로 궁금했다.

"그건 자세하게 말씀드릴 수 없지만 일단 던전 사태로 인해서 죽거나 다칠 수많은 동포를 구하기 위해서라고 생각해 주십시오."

"갤 길드장의 말대로 저희가 치고 나가야 하는 이유가 있기는 하지만 복합적이고 저희만의 사정이라서 말씀드리기가 좀 그렇습니다. 다만 경쟁에서 이기고자 하는 마음보다는 같은 지구인들을 구하고 싶다는 쪽이 훨씬 더 강합니다."

갤과 콜의 말에는 진정이 가득해서 믿을 수밖에 없었다.

"그대들이 사리사욕을 탐하는 것도 아니니 대가만 맞는다면 못 키워 줄 것도 없는데…….”

헤븐힐이나 매디 남매라면 이러지 않아도 도와주었을 테지만, 이들의 경우는 달랐다.

잠깐 인연을 맺었다고 도울 생각은 없었다. 게다가 자신이 만족할 정도의 보상은 이들이 아니라 이들을 지원하는 세력만이 줄 수 있었다.

“돈으로 움직이실 분이 아니라는 건 알고 있습니다. 뭐든 말씀하시면 룩스를 통해 최대한 맞춰 보겠습니다.”

가온이 원하는 대답이었다.

“그럼…….”

가온은 이 기회에 현실에서 초랭커들과 인맥을 맺고 싶었다.

아까 벼리로부터 갤이 디오니 그룹의 오너 자식이라는 설명을 듣는 순간 떠오른 예지몽의 내용이 있었다.

‘던전이 출현한 지 얼마 되지 않아서 세계적인 제약 그룹인 락타에서 활력 포션을 출시하지.’

어나더 문두스의 활력 포션과 비교하면 효능이 많이 떨어지지만, 락타에서 출시한 활력 포션은 피로를 풀어 줄 뿐 아니라 기력이 떨어지거나 병을 앓고 난 직후의 환자들이 원기를 회복하는 데 큰 효과가 있었다.

단순히 피로를 풀어 주는 것에 더해서 활력을 증강시켜 주어서 학업이나 업무 효율을 높여 주었고 스트레스 경감과 수면 효과까지 있어서 그야말로 날개 돋친 듯 팔렸다.

락타에서는 거의 3개월에 한 번씩 활력 포션의 가격을 높였지만 이미 효능이 입증되었기에 엄청나게 팔렸고, 락타는 채 2년이 되지 않아서 시가총액 기준으로 세계 1위를 달성할 정도로 급성장했다.

문제는 락타의 횡포였다.

'가장 중요한 원료가 남미의 마카와 인삼인데 특히 한국의 인삼 농가들과 저가로 수십 년 기한의 장기 계약을 해서 물량을 확보한 후 엄청난 폭리를 취했지.'

기능성 음료였지만 100mm 작은 병 기준으로 가격이 1만 원을 호가했는데, 한 번 효과를 본 사람들은 울며 겨자 먹기로 구입할 수밖에 없었다.

그렇게 락타 그룹 때문에 한국인들은 이전과 달리 제대로 인삼을 먹을 수 없었다. 인삼을 취급하는 한국의 공기업도 재료를 확보하지 못해서 망했을 정도였다.

그럼에도 각국 정부는 아무런 압박도 하지 못했다. 폭리를 취한 락타에서는 각국의 정치권에 엄청난 불법 자금을 뿌렸기 때문이다.

'갤을 통하면 활력 포션을 내가 먼저 출시할 수 있어!'

활력 포션은 원기 회복이 필요한 사람들뿐 아니라 다양한 스트레스를 받을 수밖에 없는 현대인들에게는 꼭 필요한 음료가 되는데, 비싼 가격 때문에 마음대로 구입할 수가 없었다.

'만약 내가 가격을 통제할 권한을 가진다면 적당한 이윤을 붙여서 판매를 해서 더 많은 사람들이 즐길 수 있도록 할 수 있어!'

그것이 아니더라도 갤 일행과 적당한 교분을 쌓을 필요가 있었다. 지구의 수뇌부들만이 알고 있는 고급 정보를 주기적으로 입수하고 싶었다.

"그런 걸 왜 대장님이?"

갤과 콜 일행은 탄 차원인인 가온이 왜 지구, 그것도 지구인 중 극히 일부만이 공유하는 비밀을 알고자 하는지 이해할 수가 없었다.

"사제와 내 클랜원들 때문에 그래. 사제가 부탁하기도 했지만, 오래 같이 다니다 보니 세 사람과도 각별한 정이 생겨버렸어. 그들은 자네들과 달리 세상의 이면에서 벌어지고 있는 일들을 전혀 모르고 있어서 자칫 위험한 상황을 맞이할 수도 있으니까."

가온의 말에 진정성이 느껴졌는지 갤을 비롯한 네 사람은 서로 눈빛을 교환하면서 고개를 끄덕였다.

"잠시 의논할 시간을 좀 주시겠습니까?"

"얼마든지."

가온은 자신이 원하는 정보를 위해서는 시간뿐 아니라 다른 것도 얼마든지 줄 수 있었다.

한쪽으로 물러나서 거의 30분 동안 대화를 나눈 네 명은 한결 밝아진 얼굴로 가온 곁으로 돌아왔다.

"처음 생각했을 때는 저희에게 걸린 금제 때문에 절대 안 되는 일이었는데 얘기를 하다 보니 가능할 것 같습니다. 플레이어들에게는 말할 수 없지만, 국외자인 대장님께는 편하게 말할 수 있을 것 같습니다."

갤은 물론 콜 일행도 여명 이전의 조직에 스카우트되어 계약을 할 때 어나더 문두스와 얽힌 모든 내용을 비밀로 유지하겠다고 서약했으며 모종의 방법으로 금제를 당했다.

그런데 갤은 모종의 이유로 그날 했던 맹세의 내용을 줄곧 떠올려 왔기에 허점도 파악하고 있었다.

'……이 모든 내용을 절대로 다른 지구인에게 말하지 않겠습니다. 가족에게도, 앞으로 사랑할 사람에게도.'

묘하게 조직에서는 비밀을 지켜야 할 대상을 지구인으로 한정했다. 그건 확실했다. 나중에 콜, 드골 그리고 무조를 비롯한 길드원들도 자신처럼 왜 비밀을 발설하지 말아야 할 대상이 '다른 사람'이 아니라 '다른 지구인'으로 정한 것이 이해가 가지 않는다고 했었다.

물론 지금은 그 이유를 어느 정도 짐작한다.

'아르테미인들에게 비밀이 없어야만 한다고 했어. 그들의 정보와 지원을 받아서 이 프로젝트가 시작되었고, 그들의 역할이 절대적이기 때문에 초랭커인 우리는 그들이 원하면 모

든 것을 말해야 할 의무가 있다고 했으니까.'

아마 조직 측에서 자의로 그렇게 판단한 것이 아니라 가상현실 게임과 캡슐 그리고 르테인에 관련된 모든 지식과 기술 그리고 아이템을 제공한 아르테미인들이 그렇게 요구했을 것이다.

실제로 네 사람은 어나더 문두스를 플레이하면서 일어난 일들을 주기적으로 소속된 조직은 물론 가끔 개인적으로 찾아오는 아르테미 측 사자(使者)에게 보고를 해야만 했다.

아무튼 그렇기에 탄 차원인인 가온에게 초랭커들만이 알고 있는 내용을 얘기하는 것은 맹세와는 상관이 없게 되었다.

'아마 조직이나 아르테미인들도 이런 상황이 벌어질 줄은 몰랐겠지.'

그래서 편하게 비밀을 털어놓을 수 있었다.

가온이 아주 상세한 부분까지 알고자 했기에 갤과 콜 일행은 번갈아서 세상의 이면에서 벌어지는 일들을 상세하게 말해 주었다.

네 사람이 얼마 전까지 서로 다른 조직에 소속되었었기에 아는 부분이나 범위 그리고 깊이가 달랐다.

“그러니까 5년 전에 아르테미 차원에서 건너온 존재들이 모종의 방법을 통해서 지구의 권력을 쥐고 있는 조직의 지도자들을 끌어모아서 차원의 위기를 알렸다?‘

“맞습니다. 처음에는 믿지 않았지만 아르테미인들의 초능력과 몇 단계 더 높은 과학 지식과 기술, 미세하지만 분명한 차원 융합의 전조를 확인한 그들은 한동안 진통이 있었지만 결국 힘을 합쳐서 위기에 대응하기로 결정했습니다.”

“그들의 힘이 미치는 지구의 16대 강국은 아르테미인들이 조언한 것처럼 보유한 인적, 물적 자원을 모두 끌어모아서 세이뷰어 컴퍼니를 만들었습니다. 아르테미인들은 캡슐에 들어갈 인공지능의 수준을 몇 단계나 높여 줄 수 있는 기술과 르테인석을 지원했고요.”

“세이뷰어 컴퍼니는 그 엄청난 자원과 아르테미인들의 도움을 받아서 메인 슈퍼컴을 포함한 수많은 양자 슈퍼컴들은 물론 지구인에게는 튜토리얼이라고 할 수 있는 어나더 문두스 시스템을 개발했습니다.”

“그리고 세상을 샅샅이 뒤져서 저희처럼 재능이 있고 기, 아니 르테인 친화력이 높은 인재들을 찾아서 지원하기로 한 거예요.”

가온은 네 사람의 연이은 설명을 통해 벼리와 함께 짐작만 했던 어나더 문두스 개발의 비사(□史)가 거의 사실임을 확인할 수 있었다.

"그런데 아르테미인들의 예상이 틀린 겁니다. 차원 융합 현상이 생각보다 더 일찍 일어난 겁니다."

"얼마 전 현실에서 마나 연공을 시작했는데 정말 르테인을 느꼈습니다."

"아르테미인들은 본래 지구에도 르테인과 유사한 에너지가 존재하고 있었는데, 차원 융합으로 인해서 의지로 르테인처럼 축적하고 사용할 수 있게 되었다고 했습니다."

"예상한 것보다 차원 융합이 빨라져서 저희 룩스뿐 아니라 다른 세력들도 크게 당황해하고 있어요."

이들에게는 당황스러운 일이지만 가온이 꾸었던 예지몽대로라면 현재의 흐름이 맞았다. 애초에 아르테미인들의 예상이 틀린 것이다.

"아무튼 아르테미인들의 도움으로 차원 융합의 위기를 극복하려고 했는데, 예상과 다르게 차원 융합이 빨라져서 앞으로 빠르면 6개월 이내에 지구에도 던전이 등장할 거란 거군."

"그렇다고 들었습니다."

그래도 가온이 꾸었던 예지몽 속에서는 인류는 차원 융합으로 인한 첫 번째 위기는 극복했다. 전 세계적으로 많은 던전이 출현했고 꽤 많은 피해를 입었지만 초랭커들이 화려하게 등장해서 던전들을 공략한 것이다.

"그럼 6개월 안에 초랭커들은 최대한 많은 명예 포인트를 확보해서 갓상점을 통해 현실에서도 르테인, 혹은 마나라고 불리는 에너지를 사용할 수 있는 스킬을 획득해야 한다는 거군.”

“그렇습니다. 원래는 차원 이동권을 획득한 후 차원 용병으로 활동하면서 보다 많은 명예 포인트를 얻어야 했는데, 급하게 변경이 되었습니다.”

이제야 생각이 난다. 오래전에 콜 일행과 애기를 나누었을 때 초랭커들의 목표는 탄 차원이 아니라 차원을 이동할 수 있는 징표를 얻어서 다른 차원으로 건너가 활동하는 것이라고 말이다.

대화는 계속 이어졌다.

“해서 일이 좀 급해졌습니다. 지금까지 저희 초랭커들은 갓상점에 접속할 권한을 얻었지만 차원 용병으로 활동하기 위해서 아바타의 능력만 키워 왔거든요.”

그런데 상황이 급박해지는 바람에 현실에서 마나를 사용할 수 있는 능력을 키워야 한다는 애기였다. 그러기 위해서 현실에서 사용할 수 있는 스킬들을 구입할 정도의 포인트를 얻어야만 하는 상황이다.

‘그런 스킬들도 있던가?’

아예 그쪽으로 관심을 가진 적이 없어서 잘 모르겠지만 갓상점에서 판매하는 스킬이나 아이템이라면 분명히 지구에서도 사용할 수 있을 것이다. 특히 영약과 같은 경우는 최대한 빠르게 육체 능력과 마나를 높여 주는 데 필수적인 아이템이다.

"좋네. 일단 이 정도에 만족하기로 하지."

대가로 받기로 한 정보는 1회에 그치는 것이 아니다. 아직 따로 방법은 생각해 두지 않았지만 이들이 새로운 정보를 알게 될 때마다 받을 예정이었다.

전달 루트도 이미 얘기가 되었다. 최소한 1주일에 한 번은 암호를 사용해서 작성한 일기를 가장해서 핸드폰에 내장된 문서 프로그램에 올리면 벼리가 해킹으로 가져오기로 한 것이다.

'나도 서둘러야겠군.'

지구에 던전이 생성되기 전에 동화의 인을 구입하려면 아직도 2억에 가까운 어마어마한 포인트가 필요했다.

물론 그 전이라도 던전 사태를 해결할 수 있는 능력은 있었다. 그의 현실 육체는 이미 단전과 마력링을 만든 상태였고 마음만 먹으면 영약을 통해서 수준을 비약적으로 올릴 수 있었다.

하지만 가온은 그 정도로는 성이 차지 않았다. 예지몽 속에서 발생하는 2차 던전 사태는 초랭커들의 능력으로도 막기가 어려울 정도로 흉험했다. 부모님의 안전 때문이라도 단시간 내에 강해져야만 했다.

'아무래도 이 던전을 빨리 공략하고 차원 의뢰를 몇 번 더 해야겠네.'

그것이 지금으로서는 유일한 방법이다.

물론 조바심이 나기는 했지만 달리 방법이 없었다. 이제 확실하게 던전이 생성되는 시기를 알았으니 최대한 자주 로그아웃을 해서 능력을 올리면 된다.

'내게는 스킬도 있고 영약이 충분히 있으니까.'

여차하면 생명의 아공간, 아니테라에 거주하는 네 종족의 전사들을 소환해도 된다.

듣다 보니 마침내 가온이 꼭 알고 싶었던 내용도 나왔다. 현재 지구의 세력 판도에 관한 정보였다.

"현재 저희 지구의 초랭커 세력은 8파전입니다."

"원래는 72개의 세력이 각축을 벌였지만 초랭커들의 성장에 따라서 판도가 이렇게 변했지요."

"각 세력은 적게는 500, 많게는 3천에 가까운 초랭커를 거느리고 있습니다."

"저희 여명은 총 7개의 길드가 소속되어 있는데 초랭커의 총원은 대략 700명 정도거든요. 하지만 하이랭커들의 수나 질에서는 가장 우위에 있고요. 저희 블루아이언 길드가 가장 늦게 만들어져 숫자가 적지만 갤 길드장이 선별한 강자들로 구성되었으니 곧 룩스의 대표 길드로 성장할 거예요."

네 사람의 이어진 설명은 지구의 위기는 위기이고 이참에 주도권을 가지려는 72개의 세력이 각축을 벌인 끝에 이제 여덟 개의 세력으로 재편이 되었으며 이들이 속한 룩스의 세가 가장 약하다는 말이다.

하나 더 확인할 수 있는 정보는 각각의 세력이 어느 한 국가에 종속되지 않았다는 점이다.

그 얘기는 여덟 개의 세력 모두가 전 세계적인 영향력을 가지고 있다는 것을 의미했다.

'한국 토종 세력이 여덟 개의 세력 중 하나였으면 좋았을 텐데.'

아쉽기는 하지만 국토나 인구 면에서 태생적인 한계를 가지고 있으니 어쩔 수 없는 일이다. 두 번째 예지몽에서 본 먼 미래에서 국가는 의미가 없었다.

"비밀 세력들의 동향은 이 정도면 충분해. 그런데 혹시 아르테미인들에 대한 정보는 없나?"

"……."

아무도 대답을 하지 않는 것으로 보아 아르테미인의 존재는 극비리에 관리되는 것 같았다.

"제가 한 번이지만 아르테미인을 직접 만나 본 적이 있습니다."

그래도 갤은 현재 랭킹 14위의 초랭커답게 콜 일행도 하지 못했던 기회를 얻었던 것 같다.

"어땠나?"

외모를 묻는 것이 아니다. 정말 그들이 차원 융합으로 인한 차원 붕괴의 위기를 극복하기 위해서 다른 차원으로의 이동을 감행할 정도의 능력과 도덕 혹은 윤리관을 가지고 있는지 알고 싶었다.

'이 모든 것이 지구 차원을 침공하려는 아르테미인들의 사기일 수도 있으니까.'

벼리로부터 들어서 아르테미인의 존재를 알고 있는 가온이지만 그들이 드러낸 의도를 맹신할 수는 없었다.

"참으로 신비했습니다. 그들은 형체라고 해 봐야 옅은 연기가 모인 것 같았고 의사소통도 머릿속으로 직접 전달하는 식이었는데, 들리는 언어는 분명 처음 듣는데 이해가 되더라고요. 그리고 제 말을 다 알아듣더군요."

옅은 연기체의 형상을 가진 존재라니! 이건 확실히 놀랄 만한 정보였다.

"당시 제가 파악한 몇 가지 정보를 말해 주는 짧은 시간에 불과했지만 전 그때 확신할 수 있었습니다. 이들은 제가 소속한 조직과 달리 숨겨진 의도가 전혀 없이 정말 차원의 위기를 해결할 생각밖에 없다는 사실을요."

전적으로 믿을 수 없는 말이기는 하지만 충분히 참고할 내용이었다. 사실 예지몽 속에서는 그들의 존재가 계속 비밀 속에 묻혀 있었다.

"그 밖에는?"

"룩스의 수뇌부도 그들의 행동을 제어하지 못한다는 점은 확실했습니다. 그들은 지구 세력에 속하는 사자들의 보고보다는 자신들이 직접 초랭커들과 만나 정보를 확인하는 것을 선호하는 것 같았습니다."

갤의 대답으로 보아 아르테미인들은 지구의 수뇌부들을 완전히 믿지 못하는 것 같았다. 아마 그럴 만한 일이 있었을 것이다. 권력자들의 행동은 뻔하니까.

"그런데 대장님의 사제라는 분은 언제 활동하실까요?"

갑자기 화제가 바뀌었다.

"그런 왜 묻나?"

"그야 당연히 영입하고 싶어서지요. 비슷한 케이스에 해당하는 엘리아로 인해서 엠퍼러의 세가 엄청나게 강해졌거든요."

"엠페러?"

"엠페러는 왕정 혹은 왕정에 가까운 독재자들이 연합해서 만든 세력으로 추정하고 있습니다. 막강한 자금력은 물론 현실적인 권력을 가진 자들이 축을 이루고 있다고 들었습니다."

대충 어떤 세력인지 감이 잡힌다.

'하긴 국왕이나 독재자들이 축재한 자금이 천문학적이기도 하고 현실적으로도 강력한 영향력을 가지고 있으니 지구의 지배층 중 하나가 될 수 있었겠지.'

다른 세력들에 대해서도 알고 싶었지만 그건 차차 들어도 된다.

"내 사제가 언제 출관할지 몰라. 본인과 스승님의 의지에 달렸다는 것만 알아."

"혹시 중간에라도 만나면 꼭 저희에 대해서 말을 해 주십시오."

"그러지. 하지만 내 사제는 평범한 삶을 추구하는 녀석이라서 그대들과 어울릴지 모르겠네. 요즘은 연금 마법에 꽂힌 것도 같고."

"저 역시 세력 다툼이나 권력을 탐하지 않습니다. 자유롭게 살고 싶을 뿐입니다. 그래도 곧 다가오는 지구의 위기를 극복하기 위해서는 지구의 능력자들이 힘을 합쳐야 합니다. 그것이 지구인으로 태어난 숙명이라고 믿습니다."

갤의 말에는 힘이 담겨 있었다.

가온은 그 힘이 그의 신념에서 나온다는 사실을 알 수 있었다.

그리고 이런 무형의 힘은 흔히 지도력 혹은 카리스마로 표현되며 무리를 이끄는 자들은 예외 없이 가지고 있었다.

'개인적으로 사귀어 볼 친구로군.'

지금의 아바타로는 불가능하지만 현실의 자신에게는 가능한 일이다.

'어차피 한 손 거들 생각도 있으니 이런 친구와 소통을 하

는 것도 나쁘지 않을 것 같네.'

그 후로도 꽤 오래 대화를 나눈 가온과 네 사람은 다음 날 일찍 던전을 공략하기로 하고 자리를 정리했다.

던전의 마수(1)

블루아이언 길드원들은 앞장선 가온을 따라 게이트 안으로 진입했다.

그들은 미처 던전 안을 살펴보기도 전에 큰 충격을 받았다.

"S급 던전이라고?"

시스템의 안내음은 이 던전이 최대 1천 명까지 입장할 수 있는 S급 던전이라고 알려 준 것이다.

하지만 놀라기에는 아직 일렀다. 던전 안을 살펴본 블루아이언 길드원들은 기함을 했다.

"허업!"

"……."

마치 어릴 때 봤던 만화에 나올 법한 광경이 눈에 들어왔다.

그들이 이제까지 경험했던 던전은 동굴이나 밀림 혹은 초원 등 일반적인 자연환경이었던 것에 반해서 이 던전은 현실과 크게 동떨어진 환경이었기 때문이다.

일단 분위기가 아주 음침했다. 햇빛이 있음에도 던전 안의 공기는 무겁고 하늘에는 구름이 가득해서 초저녁 같았으며 던전 전체가 무언가 불길한 기운으로 가득 차 있어서 기분이 나빠졌다.

게이트와 가까운 곳은 관목숲들이 듬성듬성 자리한 넓은 초원 지형이었지만 폭은 대략 2킬로미터로 양옆은 무저갱처럼 보이지 않아서 이곳이 공중에 떠 있는 지형임을 알 수 있었다.

결정적으로 사람들의 눈을 붙잡아 두는 것은 이곳에 마족이 나오는 던전임을 제대로 알려 주고 있었다.

"고성(古城)?"

사람들의 눈은 마치 루마니아 산악지대에 있는 드라큘라의 성처럼 보이는 고성에 쏠렸다.

현 위치에서 대략 25킬로미터 떨어진 곳에서 시작되는 길은 기이하게도 아무런 지지대도 없이 허공으로 구불구불 이어졌다.

그리고 그 끝에는 안개로 인해 일부분만 보이는 건축물이

있었는데 무척이나 불길한 기운을 풍기는 오래된 서양식의 뾰족한 첨탑들이 있는 성이었다.

'확실히 저런 성이라면 흡혈귀 마족이 살 법하네.'

고성으로 올라가는 구불구불한 길은 폭이 구간마다 제각각이었고 절반 이상은 짙은 안개에 가려져 있어 뭔가 튀어나올 것 같은 공포스러운 분위기를 연출하고 있었다.

그나마 게이트 부근은 상당히 넓었는데 다양한 풀과 키 작은 나무들이 자라고 있었다.

"풀도 그렇고 나무들도 이상해!"

분명히 햇빛이 비치고 있었지만 풀과 나뭇잎은 밝은 녹색이 아니라 검은색에 가까운 진녹색으로 무척 칙칙하고 무거운 분위기를 자아내고 있었다.

그래도 풀과 나무가 있는 땅이라 다양한 초식동물이 보였는데 기분이 그래서인지 모두 겁을 잔뜩 집어먹은 것처럼 조심스럽게 행동했다.

"정말 뱀파이어 던전인가 보네. 보스는 저 고성에 있겠지요?"

누군가 그렇게 물었지만 아무도 대답하지 않았다. 굳이 대답할 필요가 없었다.

"그나저나 기분이 좀 안 좋네."

"나는 몸이 무거운 것 같아."

"나는 몸살이 난 거처럼 몸에서 열이 나고 머리가 아픈 것 같아."

던전에 들어온 지 얼마 되지 않았음에도 블루아이언 길드원들의 몸과 마음은 본능적으로 거부감을 강하게 표출하고 있었다.

콜은 그런 길드원들의 감각을 충분히 공감했다. 가장 강한 축에 속하는 그조차 그런 느낌을 강하게 받고 있었기 때문이다.

'마족 던전 답네.'

만약 가온과 동행하지 않았다면 잠깐 공략을 해 보고 바로 나갈 생각을 했을 것이다. 그 정도로 불길한 던전이었다.

'정말 우리가 이 던전을 공략할 수 있을까?'

아무리 가온이라고 해도 다른 일행도 없이 30여 명에 불과한 블루아이언 길드를 데리고 이 던전을 공략하는 데 성공하긴 힘들 것 같다는 생각이 들었다.

일행이 조금 더 전진하자 멀리 보였던 초식동물들이 불에 덴 것처럼 사방으로 빠르게 도망쳤다.

"이곳의 동물들은 굉장히 예민하네."

누군가 그런 말을 한 직후 가온의 명령이 떨어졌다.

"전방에서 부채꼴을 그리며 헬하운드가 달려온다! 탱커, 앞으로! 나머지는 석궁을 준비하고 마법사들은 유도 마법을 준비해!"

아직 시야에 아무것도 들어오지 않는 상태에서 떨어진 명령에 블루아이언 길드원들은 어리바리했지만 길드장인 갤과 콜 일행의 반응은 달랐다.

"대장님이 시키는 대로 해! 렌, 모람, 베알, 너희들 탱커잖아! 앞으로 나가! 은파랑, 석궁 꺼내라고! 당연히 장전을 해야지!"

갤의 지시가 이어지자 블루아이언 길드원들은 겨우 정신을 차리고 대비를 했는데, 그제야 암녹색의 무성한 잎을 가진 나뭇가지를 통째로 부수며 달려오는 헬하운드들이 눈에 들어왔다.

'달려오는 속도가 장난이 아니야!'

점처럼 작았던 헬하운드들은 순식간에 개처럼 커졌고 얼마 후에는 말과 비슷한 크기가 되었다. 그만큼 달려오는 속도가 빨랐다.

덜덜덜덜!

블루아이언 길드원들은 하나같이 떨기 시작했다. 말처럼 거대한 체구에 악마처럼 불길한 붉은 눈 그리고 거품이 된 침 사이로 드러난 거대하고 날카로운 송곳니를 가진 헬하운드는 그들이 다른 게임에서 경험했던 존재가 아니었다.

그야말로 포식자였다. 살기가 가득한 기세와 눈빛만으로 상대를 압도해서 목에 이빨을 깊이 박아 넣을 때까지 꼼짝도 할 수 없도록 만드는.

최상급 마수로 분류되는 헬하운드 80여 마리가 동시에 발산하는 투기가 살기와 함께 자신들에게 집중되자 블루아이언 길드원들은 마치 고양이 앞에 놓인 쥐처럼 아무런 행동도 하지 못했다.

놈들은 인간이 두려워하는 것을 느꼈는지 더욱 강력한 살기를 방출하며 아가리를 쩍 벌렸다. 그리고 그 아가리 아래로 걸쭉한 침이 흘러내렸다.

이제 대여섯 발짝만 더 전진해서 도약하면 방패를 들었지만 겁에 질려 떨고 있는 인간들의 목에 송곳니를 깊이 박아 넣을 수 있을 것이다. 굳이 많은 마기가 소모되는 화염 브레스까지 방출할 필요는 없었다.

금방이라도 헬하운드의 날카로운 송곳니에 온몸이 갈기갈기 찢길 것 같은 기분에 부들부들 떨던 블루아이언 길드원들의 눈에 이상한 광경이 보였다.

쿠르르! 쾅쾅!

자신들을 향해 득달같이 달려오는 거대한 헬하운드들에게 하늘에서 수십 줄기의 번개 다발이 떨어졌고 이어 귀청이 나갈 것처럼 큰 뇌성이 뒤따랐다.

수십 다발의 뇌성벽력은 순식간에 전열의 헬하운드들을 덮쳤고 녀석들은 시퍼런 전격에 휩싸여 순식간에 새까맣게 타들어 갔다. 뇌룡의 질주 스킬이 펼쳐진 것이다.

캐앵! 캐앵!

자연스럽게 헬하운드의 공격은 멈추었다. 헬하운드의 전

열이 모조리 새까맣게 타 버린 것이다.

뇌성벽력에 놀라는 바람에 헬하운드가 방출한 살기와 투기에서 겨우 벗어난 블루아이언 길드원들은 순간 자신들의 머리 위로 넘어가는 한 줄기 신형을 보았는데, 그 뒤로는 시퍼런 오러 블레이드가 빠르게 헬하운드 사이를 이동하는 것만 볼 수 있었다.

"거, 검이 혼자 움직여!"

현실감이 전혀 느껴지지 않는 광경에 넋이 나갔던 블루아이언 길드원들은 잔상들이 합쳐져서 한 인물이 생성되는 순간에야 겨우 정신을 차렸다.

"……대장님?"

맞다. 가온이었다.

가장 먼저 그의 손에 들린 흰색의 검에 생성된 짙푸른 오러 블레이드가 보였고 그 주위로 목이 잘리거나 머리통에 구멍이 나서 혀를 길게 내밀고 죽어 나자빠진 헬하운드들이 보였다.

'설마 혼자 다 죽인 건가?'

그럴 리가 없다고 생각했지만 더 이상 움직이는 헬하운드는 보이지 않았다. 그저 새하얀 검을 다시 허리의 검대에 찬 가온이 사방에 널린 헬하운드 사이를 느긋하게 걷는 모습만이 보였다.

'내가 헛것을 보고 있나?'

눈으로 보고 있는 것이 머릿속에서 정리가 되지 않는 기묘한 느낌이다. 혼자 최상급 마수인 헬하운드 80여 마리를 이렇게 빠르게 죽여 버릴 수 있는 사람이 있을 줄은 상상도 하지 못했기 때문이다.

"다들 정신 차려!"

가온은 파워 드레인 스킬을 펼쳐 죽은 헬하운드로부터 에너지를 흡수하는 와중에서도 블루아이언 길드원들의 동향을 파악하고 있었다.

마나가 깃든 그의 일갈에 겨우 정신을 차린 사람들이 굳은 몸을 풀자 다음 지시가 떨어졌다.

"전격에 노출된 놈들 대부분은 아직 안 죽었으니 검으로 심장을 찌른 후 돌려서 완전히 파괴하는 방식으로 숨통을 끊어!"

헬하운드는 마수이면서도 마족으로 불리는 존재답게 질긴 생명력을 가지고 있어서 뇌룡의 질주로 즉사하지는 않았다. 털과 가죽이 새까맣게 타고 신경 또한 큰 손상을 받았지만 이대로 놔두면 강력한 재생력으로 상태를 회복하고 다시 공격할 것이다.

가장 먼저 정신을 차린 갤과 콜 일행이 이를 악물더니 떨리는 몸으로 먼저 움직였고 이내 경직이 완전히 풀리자 가온의 말대로 전격에 당한 헬하운드의 심장에 검을 깊게 찔러 넣고 비틀어서 뺐다.

나머지 길드원들도 하나둘 몸을 움직이더니 힘을 합쳐 헬하운드의 숨통을 끊기 시작했는데, 그것도 쉬운 일이 아니었다. 타고 익은 가죽과 살임에도 불구하고 검기가 아니면 베거나 찌를 수 없었다.

숨통을 끊는 것이 전부가 아니다. 가죽은 새까맣게 타 버려서 쓸모가 없었지만 마정석은 챙겨야만 했다.

"최상급이야!"

암중의 거대 세력으로부터 막대한 지원을 받는 초랭커들도 처음 보는 최상급 마정석에는 흥분하지 않을 수 없었다.

그렇게 첫 전투가 끝났다.

블루아이언 길드원들은 마무리를 끝내고 게이트 앞으로 돌아와서는 긴장이 풀어졌는지 대부분 그 자리에 주저앉았다.

가온은 그나마 쓰러지지 않은 갤과 콜 일행에게 나머지 마정석 적출 작업을 맡기고 투명날개를 장착한 후 하늘로 빠르게 날아올랐다. 정석대로 던전을 정찰하려는 것이다.

"길드장, 대체 저분 정체가 뭡니까?"

콜 일행과 비등한 실력으로 가졌으며 원래 갤을 추종하던 발테르가 물었다.

"풋! 몰라서 묻는 건 아니지?"

"소문이야 들었죠! 하지만 소문보다 훨씬 더 강하다고요! 소드마스터는 되어야 단독으로 상대할 수 있다는 헬하운드를 혼자서 80여 마리를 순식간에 죽이다니 설마 그랜드 마스터라도 되는 겁니까?"

발테르와 비견되는 실력을 가진 아자르 역시 믿을 수 없다는 얼굴로 물었다.

"내가 플레이를 하면서 이 탄 차원에서 보거나 들은 인간 중에서 가장 강한 분이야."

대답은 갤이 아니라 콜의 입에서 나왔다. 갤은 소문이나 콜 일행의 얘기를 통해서 짐작은 했지만 눈으로 직접 확인한 가온의 무위에 크게 충격을 받은 상황이라서 제대로 대답을 하지 못했다.

"저런 인간이 있을 거라고는 상상도 하지 못했습니다. 혹시 이레귤러 아닙니까? 한 번에 절반 정도를 태워 죽인 뇌성벽력을 생각하면 마법사여야 하는데 오러 블레이드라니 한 인물이 펼친 기예가 맞습니까?"

"온 대장이 마검사인 것을 다들 알잖아. 이전에 만났을 때만 해도 마법 실력은 좀 약했는데 엄청나게 높아졌네."

"온 대장님이 이십여 명에 불과한 온 클랜을 이끌고 다섯 왕국이 고전하던 점보 던전을 클리어하는 데 큰 공을 세웠다는 소문을 들었을 때만 해도 과장된 거라고 생각했는데 지금 보니 오히려 소문보다 더 강한 것 같아."

콜 대신 대답을 한 무조와 드골은 혀를 내둘렀다.

"우리가 던전 공략에 공을 세울 수 있도록 헬하운드 30마리는 숨통이 끊어지지 않도록 조치한 것으로 봐서는 그랜드 마스터 경지에 오른 것일지도 모르겠군."

왠지 허탈한 얼굴이 된 콜의 말에 사람들은 격렬하게 고개를 끄덕였다.

헬하운드 80여 마리가 대표적인 능력이 화염도 사용하지 못하고 한 사람에게 학살당하는 모습은 그 정도로 충격적이었다.

적당히 쉰 블루아이언 길드원들이 기력을 되찾았을 때 가온이 돌아왔다.

"대장님, 뭔가 발견하셨습니까?"

날개를 접는 가온의 얼굴이 심상치 않음을 확인한 갤이 다가와서 모은 마정석이 들어 있는 작은 자루를 내밀면서 물었다.

"몸들은 좀 어떤가?"

가온이 대답은 하지 않고 되레 물었다.

"네? 그건 갑자기 왜 묻습니까?"

"혹시 호흡할 때 이상한 감각을 느끼지 못했나?"

"글쎄요. 잘 모르겠습니다."

갤이나 듣고 있던 블루아이언 길드원들은 가온의 질문을

이해할 수 없다는 얼굴이었다.

"이곳은 마기가 아주 농후한 곳이야."

"마기요?"

"쉽게 설명하면 마계 특유의 마나인데 몸과 정신에 부정적인 영향을 주지. 정신력이나 근력과 같은 스텟이 낮아지고 정신력도 약해져서 자신도 모르게 마기에 잠식되어 마물이 되는 경우도 생겨."

가온의 말에 블루아이언 길드원들은 자신의 몸 상태를 다시 한번 확인했다. 플레이어들은 상태창을 사용할 수 있기에 자신의 몸 상태를 객관적으로 판단할 수 있었다.

"헙! 잠깐 검기를 사용한 것밖에 없는데 체력이 3할 가까이 떨어졌습니다!"

"아까부터 속이 메스껍고 머리가 어질어질했는데 이게 다 마기 때문이었군요."

"이유도 없이 자꾸 화가 나고 짜증이 나서 참기가 힘들었는데 설마 이것도?"

정상인 길드원은 없었다. 가장 강한 갤조차도 평소와 달리 몸이 무겁고 감정 상태가 불안정하다는 사실을 알 수 있을 정도였다.

"맞아. 마기는 일반적인 마나에 비해서 거칠고 무거우며 감정을 자극하지. 당연히 감각에도 부정적인 영향을 주고. 오래 노출되면 이른바 마화(魔化) 현상으로 인해서 괴물이 되어 버려."

"정말입니까?"

"마기는 특히 부정적인 감정을 비약적으로 증폭시켜. 내가 경험한 케이스의 경우는 여러 가지인데 그중 하나는 평소에 고까운 정도의 가벼운 적대 감정을 가지고 있을 뿐이었는데, 마기에 잠식되자 야밤에 자고 있던 동료를 처참하게 살해했지. 정신을 차리고는 자신이 한 짓을 도무지 이해하지 못하고 괴로워하다가 결국 자살을 하더군. 함께 지내온 세월 동안 쌓은 정과 이성으로도 순간적으로 증폭된 적대 감정을 전혀 제어하지 못한 거야."

가온의 말을 통해서 마기의 부정적인 작용을 알게 된 블루아이언 길드원들은 자신도 모르게 동료들과 거리를 벌렸다.

사실 현실에서 친했던 사이도 아니고 이전에 소속되었던 조직들이 통합을 하면서 모인 사이다. 소속이 다르기에 길드에서도 주도권을 행사하려는 이들은 존재했고 그런 이들로 인해서 다른 길드원들에게 불편한 마음을 품었던 경우가 적지 않았다.

물론 그것이 사회생활의 일환이었기에 적당히 양보하고 받아들이며 길드에 녹아들고 있는 중이지만 그런 감정의 편린은 여전히 남아 있는 상태였다.

그런데 만약 마기가 그런 부정적인 감정만 비약적으로 증폭시킨다면 어떻게 될까?

블루아이언 길드원들은 생각만 해도 소름이 끼쳤다. 자신도 어떻게 변할지는 모르겠지만 자신에게 안 좋은 감정을 가지고 있었던 동료들이 어떻게 변할지를 상상하니 너무 두려웠다.

콜 역시 그런 생각을 하고 있었다. 어릴 때부터 조직에 스카우트되어 함께 훈련을 받으며 우정을 나눠 온 드골이나 무조와 전혀 갈등이 없다고 자신할 수 없었다.

인간관계란 상대에 대한 호감만 존재하는 것이 아니라 다양한 감정이 얽히고설켜 있었다.

'어쩌면 이전에 던전을 공략했던 기사단과 용병단은 마기 때문에 전멸했을지도 모르겠네.'

그 생각을 하자 더 공략할 엄두가 나지 않았다.

그때 무조가 가온에게 의외의 질문을 던졌다.

"그럼 대장님은 마기에 아무런 영향도 안 받으시나요?"

"나한테는 마기를 막아 주는 성물이 있어."

"그, 그럼 혹시 성물에 여유가 있을까요?"

가온의 대답에 무조가 반색을 하며 물었다.

"성물을 이용해서라도 끝까지 던전을 공략하고 싶은 건가?"

"네! 이 던전을 공략하는 건 제겐 아주 중요한 일이에요."

던전이 위험하면 위험할수록 획득할 수 있는 보상이 많다는 것은 상식이다. 특히 마기를 감지하고 문제점까지 소상하게 알고 있으며 극복할 수 있는 수단까지 갖춘 가온과 동행하면 자신의 역량을 훨씬 웃도는 이 던전의 공략에 한몫할 수 있으니 욕심이 안 날 수가 없다.

더구나 가온과는 이미 비밀 계약을 했다. 조직의 이해와 별 상관이 없을 거라는 판단에서 한 결정이지만 조직에서 그 사실을 알게 되면 네 사람은 큰 불이익을 받을 것이 틀림없었다.

그럼에도 불구하고 가온과 계약을 한 것은 통합된 조직의 지원과 자신의 노력만으로는 한계가 있다는 자각에서였다.

무조는 가온에 빌붙어서라도 곧 지구에 닥칠 위기를 해결하는 영웅이 되고 가족에게 부유하고 안전하며 행복한 삶을 살게 해 주고 싶었다.

지금에 와서는 자신이 조직으로부터 세뇌를 받은 것이 아닌가 의심하고 있지만, 그러기 위해서 어릴 때부터 힘든 훈련과 교육을 받아 왔다고 생각했다.

"성물은 네 개가 더 있어."

가온의 말에 갤, 콜, 드골 그리고 무조의 눈빛이 강렬해졌다. 잠시 눈빛을 교환하던 네 사람은 곧바로 블루아이언 길드원들의 앞으로 향했다.

"우리 넷을 제외하고는 모두 던전에서 나가서 대기해!"

"넷!"

우렁차게 대답을 한 길드원들은 누가 쫓아오기라도 하는

것처럼 빠른 걸음으로 던전을 빠져나갔다.

"허어!"

던전 공략의 보상을 욕심낼 길드원들의 반발을 예상했던 네 사람은 황당한 얼굴로 서로를 돌아보았다.

그들은 시간 여유가 좀 더 있었다면 공포감을 극복할 수 있는 자신들과 달리 나머지 길드원들은 공포에 깊이 잠식되어 전투 의지를 완전히 잃어버렸다는 사실까지 알지는 못했다.

이제 다섯 명만 남은 공략대는 던전 안으로 빠르게 이동했다.

"대장님, 정말 우리 다섯만으로 이 던전을 공략할 수 있을까요?"

멀리 보이는 고성을 향해서 걷고 있던 드골이 불안한 얼굴로 물었다. 가온의 실력은 잘 알고 있었지만 던전은 엄청난 숫자의 마수와 몬스터 들이 서식하는 공간인 데다가 심지어 이곳은 마기가 짙은 장소였다.

"다섯이 아니야. 적당한 장소에 도착하면 공간 이동 아이템을 가지고 있는 내 동료들이 합류할 테니까."

물론 합류할 동료는 콜 일행이 알고 있는 온 클랜원들이 아니지만 말이다.

"아! 그럼 그렇지. 당연히 방안을 마련해 두셨군요."

가온의 대답에 네 사람의 안색이 밝아졌다. 가온의 능력은 정말 대단하지만 정말 다섯 명만으로 이 불길한 던전을 공략할 수 있다고는 생각하지 못한 것이다.

"일단 저기 보이는 관목숲까지는 가서 쉬도록 하지."

그렇게 말한 가온은 카오스와 마누, 녹스를 소환해서 세 방향의 정찰을 부탁했다. 공중 정찰은 큰 의미가 없었다. 아까 나타났던 헬하운드 무리도 작은 숲 안에 웅크리고 있어 위에서는 발견할 수 없었기 때문이다.

예상했던 대로 숲마다 자리를 잡고 있는 마물들이 있었다.

처음은 홉고블린이었는데 수는 무려 300여 마리에 달했다. 바깥이라면 한 무리를 이끌 놈들이 이곳에서는 큰 무리를 이루고 있었다.

홉고블린들은 오크에 비견되는 단단하고 큰 몸집을 가졌지만 무척이나 민첩하면서도 강력한 독성을 가지고 있는 독침을 사용했는데, 사지가 떨어져 나가는 중상을 입고도 상대를 해치려고 하는 강렬한 투기를 발산했다.

만약 기습을 받았다면 가온은 몰라도 갤 일행은 제법 큰 피해를 입었을 것이다. 그만큼 저돌적이었고 무엇보다 화살에 견줄 정도로 빠르게 날아오는 독침 공격이 위력적이었다.

"젠장!"

갤 일행은 가온이 당부한 대로 이미 해독 포션을 마셨음에도 몸에 닿는 녹색 침에 질색을 했다. 방어구를 녹일 정도는 아니었지만 방어구에 닿는 순간 기화되어 위험해 보이는 진녹색 연기를 피웠기 때문이다.

갤 일행은 홉고블린들이 뱉는 독침에 맞지 않기 위해서라도 마나를 최대로 끌어 올려 검기를 생성한 후 빠르게 놈들을 해치웠다.

가온은 갤 일행에게 숲을 나가서 홉고블린들을 상대하게 하고 자신은 따로 움직이기로 했다. 그편이 자신의 전투력을 최대로 발휘할 수 있었기 때문이다.

다행하게도 갤을 비롯한 네 사람은 검기를 능숙하게 사용할 정도로 강자였고 해독 포션은 물론 실드와 배리어 마법이 내장된 스크롤을 다수 가지고 있어서 짧은 시간 동안은 홉고블린들을 충분히 감당할 수 있었다.

가온은 녹스를 불러서 잠복하고 있는 놈들을 역으로 중독시켜 버렸는데, 원래 체내에 극독을 보유하고 있어서 그런지 즉사시킬 수는 없었고 다만 전력의 3할 정도를 줄이는 데 그쳤다.

그렇게 홉고블린들이 녹스의 독에 중독되자 가온은 눈으로 좇기가 힘들 정도로 빠르게 숲을 돌아다니면서 바람의 비도를 이용해서 놈들의 숨통을 끊었다.

마차를 타고 오면서 수련을 했지만 이런 숲 지형에서는 처음 사용하는 것이라 당연하게도 투명한 실을 통해 비도를 조종하는 것이나 마나를 주입하는 것이 쉽지 않았다.

하지만 그에게는 무기를 다룰 때 숙련도를 빠르게 높일 수 있는 만병자 특성과 모든 스킬을 익힐 때 숙련도를 두 배 높여 주는 다재다능 특성이 있었다.

시간이 길수록 비도는 이름 그대로 마치 바람처럼 날아가서 고블린의 머리통에 구멍을 내기 시작했고 나중에는 금 속성이 담겨 구멍 정도가 아니라 머리통을 통째로 잘라 버릴 정도가 되었는데, 당한 고블린들은 무엇에 당했는지도 모르고 죽어 갔다.

숲 안에 잠복한 상태에서 기습하려던 계획이 상대에게 간파당한 것을 알아차리고 숲 밖으로 나온 홉고블린들은 갤 일행이 맡았다.

"홉고블린 따위가 감히!"

처음에는 자신만만했던 갤 일행은 이제까지 상대했던 홉고블린과 달리 수시로 독침을 화살처럼 빠르게 뱉는 것은 물론 완전히 숨통이 끊어질 때까지 집요하게 달라붙어서 온갖 수단으로 공격을 하는 놈들에게 진저리를 칠 정도로 시달렸다.

"마기에 잠식된 놈들이 이렇게 강할 줄이야!"

던전 밖을 기준으로 하면 홉고블린은 오크 전사장에 해당하는 몬스터지만 이 안에 있는 놈들은 강력한 마비독과 신경독을 사용하고 있어서 더욱 강력했다. 수시로 해독 포션을 복용하고 보호 마법이 내장된 스크롤을 사용하지 않았다면 검기 사용자인 네 사람도 다치거나 심하면 죽었을 수도 있었다.

네 사람은 그들이 상대한 홉고블린들이 중독당한 상태라서 전력의 3할 이상이 낮아졌고 지구력도 크게 떨어진 상태임을 알았다면 크게 충격을 받았겠지만, 가온은 굳이 그 사실을 알리지 않았다.

녹스는 그 과정에서 죽은 홉고블린들이 소지하고 있던 독을 흡수했는데 독성이 아주 강력해서 무척 만족했다.

갤 일행은 전투가 끝나고 정리를 하면서 더욱 놀랐다.

"홉고블린이 상급 마정석을 가지고 있다고?"

"어쩐지! 홉고블린 주제에 단검으로 검기를 만들더니."

마족 던전이라서 그런지 홉고블린마저 위험했다.

던전의 마수(2)

다음에 상대한 마물은 나가였다.

갤 일행은 나가들이 서식하는 작은 습지에서 아무런 위험도 감지하지 못했다. 그만큼 나가들이 습지 전역에 자라는 풀과 물속에서 은밀하게 매복하고 있었다.

이곳의 나가는 마기에 잠식되어 무척이나 흉측한 외모를 가지고 있었고 정신을 혼란하게 만드는 음파 공격은 물론 물 덩어리를 마치 포탄처럼 날릴 수 있는 능력까지 가지고 있었다.

하지만 갤 일행은 이 던전의 나가들이 어떤 능력을 가지고 있는지 전혀 알지 못했다. 그들이 상대하기 전에 가온의 뇌룡의 폭주 스킬과 마누의 전격 공격에 의해서 물속에 몸을 숨기고 기습을 준비하던 나가들이 모조리 새까맣게 타 죽었기 때문이다.

나가의 가죽은 헬하운드의 그것과 달리 뇌전에 대한 내성이 약한 편이었고 무엇보다 물이라는 매질의 영향이 크게 작용해서 감전된 나가 대부분이 즉사해 버렸다.

그래도 갤 일행은 놈들이 얼마나 강력한 마물이었는지는 마정석으로 알아볼 수 있었다.

"상급이 3분의 1이 넘어!"

혼자 수고한 가온을 위해서 마정석 적출에 나선 네 사람은 새까맣게 타 죽은 나가들이 대부분 중상급 마정석을 가지고 있었으며 일부는 상급 마정석을 가지고 있다는 사실에 크게 놀랐다.

"대체 얼마나 대단한 놈들이었던 거야?"

샤벨 타이거나 와이번 혹은 오우거와 같은 마수나 몬스터 들이 상급 마정석을 가지고 있다는 점을 생각하면 간접적으로 이곳의 나가들이 얼마나 무서운 마물인지를 알 수 있었다.

하지만 가온은 그런 나가들을 전격 마법만으로 몰살시켜 버렸다. 살아남아서 도망친 놈들도 있었지만 무시할 정도로 적었다.

"대체 대장님의 능력은 어디가 끝일까?"

분명히 마법을 쓰는 것 같은데 경지가 예사롭지 않다. 그

들이 경험하거나 들은 대로라면 이 정도의 전격 능력을 쓰려면 최소한 6서클은 되어야만 했다.

"이 세상의 거의 모든 국가들이 온 대장을 적극적으로 영입하려고 한다더니 과연 그냥 마검사가 아니었어."

콜 일행은 일반 플레이어들과 달리 조직을 통해서 탄 차원에 대한 많은 정보를 가지고 있었다. 그래서 점보 던전의 공략 이후 많은 국가에서 가온을 영입하려고 시도한다는 사실을 알고 있었다.

그에 반해서 소문과 콜 일행의 얘기만 들었던 갤은 너무 놀라서 가온에 대한 판단을 아예 할 수 없을 정도였다.

세 번째로 등장한 것은 거대한 검은 뱀이었다. 살기가 가득한 세로 형태의 노란 동공을 가진 검은 뱀은 동체 굵기가 3미터는 될 것 같았고 길이는 무려 50미터에 달했다.

문제는 놈이 혼자가 아니라는 점이었다. 크기가 놈의 5푼 정도인 수백 마리의 검은 뱀이 옆으로 넓게 펼쳐진 관목의 나뭇가지 위에 똬리를 틀거나 매달려 있어 숲 전체가 검게 보일 정도였다.

쇅! 쇅!

갈라진 혀를 날름거리며 일행의 존재와 움직임을 감지하려는 작은 뱀들의 뒤쪽으로 작은 숲의 지배자인 검은 뱀이 일행을 향해 검은 안개를 내뿜기 시작했는데 확산 속도가 엄청났다.

−조심해! 강력한 산성독을 함유하고 있어!

어느새 나타나 뱀의 존재를 알린 카오스의 곁을 날고 있는 녹스가 활짝 웃으며 말했다.

"강력한 산성독을 품고 있는 독무이니 몸에 닿거나 들이켜지 않도록 조심해!"

가온의 경고에 갤 일행은 바로 로브를 꺼내 입고 천으로 얼굴 전체를 가리더니 인벤토리에서 화염 계열의 스크롤을 꺼냈다.

"저렇게 큰 뱀은 독이 없는 거 아니었어?"

"이곳은 상식이 통하는 세상이 아니잖아."

무조는 보기만 해도 징그럽다는 얼굴로 세 사람의 뒤로 빠져 버렸다.

하지만 갤 일행이 독무 때문에 긴장할 필요는 없었다. 일행과 50여 미터 거리까지 확산된 독 안개는 무언가에 빨리는 것처럼 사라지고 있었다.

하지만 그 너머는 급속하게 확장되고 있는 독 안개로 인해서 심안 스킬이 없는 갤 일행에게는 보이지 않았다.

"대장님, 저희가 보유한 화계 마법 스크롤은 불과 열댓 장밖에 없는데 어떻게 할까요?"

파이어볼 스크롤을 쥔 갤이 물었다. 그는 독무로 가득 찬 숲을 화계 마법을 이용해서 통과할 생각이었다.

날아서 건너가는 방법이 아니라면 숲은 반드시 통과해야만 했다. 양쪽 옆은 무저갱처럼 알 수 없는 균열이었기 때문이다.

'날아서 통과하면 그만이지만 굳이 그럴 필요는 없지.'

"네 사람은 잠시 여기에서 대기하면서 공격하는 놈들이 있으면 상대하도록!"

아공간에서 백검을 꺼내 든 가온이 앞에 아무것도 없다는 듯 평범한 보폭으로 걸어가기 시작하자 작은 뱀들이 움직이기 시작했다.

사사삭!

암녹색의 긴 풀 사이로 빠르게 접근하는 검은 뱀들이 만들어 내는 소음은 놈들이 보이지 않기에 더욱 소름이 끼쳤다.

"아무리 대장님이라도 너무 위험한데……."

콜이 그렇게 말했지만 감히 그 뒤를 따를 용기는 없었다.

가온은 검은 뱀들을 보는 순간 마음을 굳혔다.

'이번에는 철월검류로 놈들을 처리한다!'

비행 능력에 위력이 뛰어난 마나탄을 주로 쓰다 보니 한동안 검술에 발전이 없었다. 가온은 그 때문에 마족을 상대할 때 제대로 대응을 하지 못했다고 생각했다.

이제 철월보신경까지 깨달았으니 검술을 좀 더 진화시켜 보기로 한 것이다.

온몸에 신성력을 퍼트리는 순간 그의 몸이 마치 새하얀 선으로 보일 정도로 빠르게 움직이기 시작했다.

지켜보는 갤 일행의 입이 떡 벌어졌다. 그와 그의 검이 흰 선이 되어 지나간 자리마다 검은 뱀의 잘린 동체가 발광하듯 꿈틀거리며 긴 풀을 짓이기고 있었다.

"맙소사! 저게 사람의 움직임이라고?"

갤은 자신의 눈을 의심했다. 검기 혹은 오러블레이드를 발현한 것으로 보이는 새하얀 검의 궤적만 보일 뿐 가온의 몸은 아예 보이지도 않았다.

하지만 그보다 더 놀라운 것이 있었다.

"이건 신성력이야!"

"여기까지 느껴지는 강력한 신성력이라니! 단순한 마검사가 아니라 신성 마검사였다는 건가?"

"대체 온 대장의 정체가 뭐야? 설마 소문처럼 드래곤이 유희를 하는 걸까?"

한편 철월보신경을 펼치며 백검을 휘두르는 가온의 얼굴에는 미소가 피어 있었다.

'역시 신성력에 반응할 줄 알았어!'

마기가 짙은 곳이니 검은 뱀들은 당연히 애초부터 마물이었거나 마화된 부류일 테니 상극의 기운인 신성력을 접하면 격렬하게 반응할 거라고 예상했는데 맞았다.

헬하운드를 처리할 때는 굳이 신성력을 사용하지 않았지

만 이번에는 검은 뱀의 수가 너무 많아서 어쩔 수 없이 사용하기로 했다.

그래도 예상했던 점과 달랐던 것은 검은 뱀들이 신성력을 피하기보다는 오히려 분노한 듯 검은 물결처럼 긴 풀을 몸으로 짓누르며 그를 향해 빠르게 다가오고 있었다.

이렇게 되면 굳이 이리저리 이동하면서 놈들을 상대할 필요가 없었다. 또한 굳이 오러 블레이드를 사용할 필요도 없었다.

가온은 검기를 사용하는 철월기검 32초식 중 공격 전용 24초식을 연달아 펼치며 30여 미터 반경을 쑥대밭으로 만든 후 이어서 신월비를 펼쳤다.

가온이 제자리에서 부채꼴을 그리며 신성력을 만들어 낸 초승달 모양의 흰 검기를 빠르게 날려 보내자 100여 미터 반경이 한순간에 초토화되었다.

신성력을 담은 신월비는 계속해서 생성되어 검은 뱀들을 향해 날아갔고 그때마다 엄청난 숫자의 뱀들이 검기에 잘려 어느새 잘린 상태에서도 꿈틀거리는 검은 뱀의 동체들이 눈앞을 가득 채우고 있었다.

하지만 달리 마물이 아닌지 그런 참상에도 불구하고 검은 뱀들의 공격성은 전혀 약해지지 않았고 보스의 뒤쪽에서 새로운 놈들이 계속 나타났다.

수십 차례에 걸친 신월비가 만들어 낸 참상에도 불구하고 거대한 보스는 계속 가온 쪽으로 독무를 방출하는 한편 주기적으로 낮은 저주파를 통해서 공격을 독려했고 명령에 따라 검은 뱀들이 가온을 향해 빠르게 기어 왔다.

그런데 숫자가 얼마나 많은지 마치 검은 물결의 파도가 가온과 갤 일행을 향해 치고 있는 것 같았다.

'대체 얼마나 많은 거냐?'

검게만 보였던 숲의 색상이 옅어진 것을 보면 검은 뱀들이 숲을 완전히 뒤덮고 있었던 모양이다.

새롭게 합류한 검은 뱀들이 보스의 새로운 명령에 따라 사방으로 퍼져 나갔다. 가온을 포함한 인간들을 포위하려는 의도인 것 같았다.

연속해서 신월비를 연사해서 자신을 중심으로 넓은 반경을 아예 쑥대밭으로 만들어 버린 가온은 잠시 숨을 고르는 것 같았다.

한편 갤 일행도 검은 뱀을 상대하고 있었다. 가온을 피해서 그들이 있는 곳으로 온 놈들로 숫자가 그리 많지 않아서 네 사람의 실력으로도 충분히 처리할 수 있었다.

네 사람은 갤의 지시대로 서로 등을 맞대고 검기를 발현해서 검은 뱀들을 처리하면서도 가온의 움직임을 주시하고 있었다. 그만큼 가온이 펼치는 검무는 그들에게 강렬한 인상을 주고 있었기 때문이다.

"설마 대장의 마나가 소진된 건 아니겠지?"

"그렇게 날뛰었다면 그럴 만도 하지."

"정말 그런 거라면 어떻게 하지?"

무조가 발을 동동 굴렀다. 단순히 검기를 사용하는 데 그치지 않고 초승달 모양의 새하얀 검기를 수십 번이나 날려 보냈으니 마나가 고갈되었을 수도 있었다.

"가자!"

"대장이 잠시라도 쉴 시간을 만들어 주어야 해!"

파충류, 그중에서도 뱀을 유달리 싫어하는 무조까지 나섰지만 그들의 발걸음은 몇 발짝 만에 멈추었다.

"지친 게 아니었어?"

가온의 검에서 선명하게 피어오른 새하얀 오러는 검기가 아니라 채찍처럼 긴 선으로 변했다.

"아직도 검사를 운용할 여유가 있다고?"

믿기가 힘들었지만 직접 보고 있으니 믿을 수밖에 없었다.

어느새 가까이 접근한 100여 마리의 검은 뱀들은 무려 10미터에 이르는 새하얀 검사에 의해서 갈기갈기 잘려 나가고 있었다.

단 한 마리도 그를 향해 독침을 뱉는 데 성공하지도 못한 상태로 몸이 몇 부분으로 잘려 버린 것이다. 다수의 적을 효율적으로 상대할 수 있는 월사검의 위용은 그만큼 대단했다.

순식간에 남은 검은 뱀들을 모두 척살한 가온도 월사검의 위력을 재평가하고 있었다.

'검사라고 하지만 오러 블레이드에 크게 밀리지 않아. 마족을 상대로 신성력을 주입해서 월사검을 사용했다면 괜찮았을 텐데.'

특히 지금처럼 신성력을 주입해서 만든 검사로 월사검식을 펼쳤다면 마족의 오러네일이 열 개라고 하더라도 크게 밀리지 않았을 것이다. 월사검은 직전이 아니라 곡선을 그리거나 급격하게 궤적을 변경할 수 있으니 말이다.

가온은 새삼 자신이 가진 것을 얼마나 제대로 사용하지 못하는지 깨닫고 반성했다.

하지만 그렇다고 전장에서 한눈을 팔지는 않았다.

'드디어 네가 움직이려는구나!'

새끼인지 수하인지 모르겠지만 작은 뱀들이 몰살을 당한 후에야 거대한 동체를 움직이는 놈의 움직임에 관목들이 모조리 부서지는 바람에 숲이 초토화되고 있었다.

신기한 것은 놈의 움직임이었다.

'직선으로 움직이는 것도 이상한데 이렇게 빠르다고!

뱀은 보통 S자로 움직이는 데 반해서 보스인 검은 뱀은 꼬리만 그런 움직임을 보이고 나머지 동체는 직선으로 움직이고 있었는데, 마치 수십 개의 다리가 달린 것처럼 속도가 엄청나게 빨랐다.

뭐 그래 봐야 철월보신경을 익힌 가온에게 비할 바가 아니

니 그런 움직임은 문제 될 것이 없었다. 문제는 놈이 어떻게 공격을 할 것인가였다.

'독무가 통하지 않는다는 것은 이미 알았을 테니 거대한 동체로 날 압도할 생각인가?'

뱀의 공격은 보통 두 가지다. 독이 있는 놈들은 상대의 몸에 독아(毒牙)를 박아 넣고 독을 주입하고, 없는 놈들은 대개 커다란 동체를 가지고 있어서 통째로 삼키거나 몸으로 상대를 조여서 뼈를 부러뜨리는 방식이다.

하지만 이놈은 두 가지 공격을 동시에 할 수 있었다. 독아는 모르겠지만 강력한 산성독을 함유한 독무를 뿜어낼 수 있으며 저 거대한 동체로 상대를 조여 순식간에 뼈를 부수고 근육을 파열시킬 수 있는 것이다.

게다가 생각 이상으로 몸놀림이 빠르고 민첩해서 쉽게 상대하기가 어려웠다.

'일단 방호력부터 확인해 보자!'

검게 반들거리는 가죽은 한눈에도 무척이나 질겨 보였다.

가온은 시험 삼아서 놈을 향해 신월비를 펼쳤다.

가가각!

"허어!"

가온은 자신도 모르게 헛바람을 토했다. 초승달 모양의 검기는 놈의 생체보호막은 아주 가볍게 갈랐지만 가죽에는 전혀 손상을 입히지 못하고 흩어져 버렸다.

'이 정도라고?'

검기에도 아무 손상이 없는 가죽에 충격을 받은 가온은 뒤를 한번 쳐다봤다.

'수가 많아서 어렵긴 해도 버틸 수는 있을 것 같네.'

콜 일행은 서로 등을 맞대고 검은 뱀들을 상대하고 있었는데 간간이 배리어나 실드 마법이 내장된 스크롤을 잘 활용하면서 검기 공격을 가하고 있어서 자신이 보스를 상대하는 동안은 어떻게든 잘 버틸 것 같았다.

'파르! 거대화!'

쑤욱!

그동안 거대화 스킬의 레벨도 올라서 순식간에 키가 15미터에 이르는 거인으로 변한 가온이 몸에 맞는 대검을 꺼내 들었는데, 얼굴 부위를 제외하고는 신성한 빛을 방출하는 새하얀 방어구를 착용하고 있어 무척이나 신비하고 성결해 보였다.

자신의 몸을 훑어보던 가온의 입가에 미소가 어렸다.

'역시 고르길 잘했어!'

신성력이 주입된 플렉시블 슈트는 8배 가까이 커진 가온의 몸에 맞추어 확장되었을 뿐 아니라 신성력을 방출하고 있어서 마기를 가진 존재로 하여금 강한 거부감과 위협을 느끼게 만들었다.

쉬애액! 쉬애액!

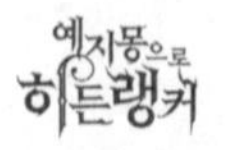

검은 뱀 보스는 느닷없이 나타난 거대한 인간을 보고 놀랐는지 멈춘 상태에서 몸을 일으켜 세우고 긴 혀를 연신 날름거리며 대기 입자를 통해서 전해지는 상대의 정보를 파악하려고 애썼다.

그리고 곧이어 놈의 혀 사이로 무언가가 엄청난 속도로 가온을 향해 발사되었다.

'독침이군!'

가온은 그 액체 덩어리의 정체를 금방 눈치챘다. 독 안개를 뿜어내는 놈이라면 당연히 독을 활용하는 또 다른 공격수단을 가지고 있을 거라고 예상한 것이다.

'녹스!'

굳이 자신이 나설 필요가 없었다.

이미 소환되어 있던 녹스는 순간 이동을 하듯 무서운 속도로 날아오는 독액에 스며들었다. 그리고 독액은 마치 끓어오르듯 빠르게 크기가 작아지더니 가온의 바로 앞에서 사라졌다. 녹스가 모조리 흡수한 것이다.

검은 뱀 보스는 그 후로도 몇 번이나 독침을 발사했지만 아무 소용도 없었다. 놈이 독침을 뱉기가 무섭게 녹스가 달라붙어서 흡수해 버린 것이다.

결국 검은 뱀 보스는 독침 공격을 포기하고 직접 공격을 가하려는지 땅 위로 세운 몸을 빠르게 흔들었다. 상대의 눈을 혼란하게 만들어 공격 시점을 숨기려는 수작이었다.

마치 코브라처럼 머리 부분을 일으켜 세웠지만 그 높이만 해도 거의 20미터에 달해서 가온을 아래로 내려다볼 정도였지만 그 상태가 가온에게는 더 유리했다.

휘이이이잉!

가온의 몸에 맞추어 대검이 신성한 빛을 발산하는 거대한 오러블레이드를 생성했다.

타다닷!

세 걸음만으로 단번에 30미터 거리를 움직인 가온이 다시 한번 도약하더니 오러블레이드까지 거의 10미터에 육박하는 거대한 대검을 휘둘렀는데, 우연히 그 모습을 지켜본 무조는 자신의 눈을 의심했다.

일련의 과정이 과장하지 않고 눈을 한 번 깜박일 정도의 짧은 시간에 진행되었기 때문이다.

거대한 흰색 검이 날아오는 것을 보고 검은 뱀 보스가 재빨리 머리를 옆으로 틀었지만 신성력의 영향으로 인해서 오러블레이드의 궤적에서 벗어나지 못한 거대한 눈알이 터지며 노란 진액이 사방으로 흩날렸다.

키애애액!

눈 하나를 포함해서 얼굴 반쪽에 깊은 상처를 입은 보스는 끔찍한 고통에 비명을 질렀지만 그것이 놈의 화를 돋우었는지 가온을 향해 저돌적으로 달려들었다.

파핫!

하지만 가온은 이미 그 자리에 없었다. 원래 일격으로 놈의 머리를 잘라 버릴 생각이었는데 생각보다 가죽의 방호력이 높았고 몸놀림이 민첩했다.

'그렇다면!'

되도록 검술로 상대하려고 했는데 굳이 더 시간을 끌 것이 없었다.

발가락에 힘을 주는 순간 가온의 거대한 육체가 뒤로 꺼지듯 50미터가량 물러났고 그 자리에는 검은 뱀 보스의 거대한 머리가 자리했다.

쿵!

얼마나 강한 충격이었는지 놈의 머리가 바닥에 깊이 박힐 정도였다.

목표를 놓친 검은 뱀 보스가 바닥에서 머리를 뽑아냈을 때, 대검의 검첨에는 어른 주먹 크기의 붉은 구슬이 나타나 있었고 놈이 가온 쪽으로 머리를 돌렸을 때는 그 구슬이 무서운 속도로 대검을 떠났다.

검은 뱀 보스는 대검의 검첨에 맺힌 검환의 위험성을 본능적으로 느꼈지만 대가리가 땅에 강하게 충돌한 후유증에서 미처 벗어나지 못했다.

빠직!

단숨에 검은 뱀 보스의 머리를 뚫고 들어간 붉은 구슬의 정체는 검환이 맞았지만 단순한 검환은 아니었다.

꽈앙!

어마어마한 폭발음과 함께 거대한 뱀 머리가 산산조각이 났다. 토기로 균형을 이루고 있던 음양의 속성을 가진 화기가 폭발한 결과는 이 정도로 강력했다.

그렇게 거대한 동체를 가진 것치고는 너무 허무한 죽음이었다.

'엄청난 마기를 가지고 있었네.'

보스는 마기뿐 아니라 강력한 독기까지 가지고 있었는데 파워드레인 스킬로 모두 흡수해 버렸다.

그 후 마정석을 적출했는데 놀랍게도 세 개나 가지고 있었다. 그것도 모두 등급 외로 굉장한 금전적 가치를 가지고 있었다.

가온은 잠시 고민을 하다가 보스의 사체를 챙겼다. 검기에도 전혀 손상을 입지 않은 가죽이라면 굉장한 방어구를 만들 수 있을 것 같았다. 게다가 뼈 역시 강도가 높아서 무기의 재료로 큰 가치를 지니고 있었다.

그렇게 갤 일행이 기다리고 있는 곳으로 돌아온 가온은 뜻밖의 말을 들었다. 갤 일행이 동행을 포기한 것이다.

"업적을 세울 기회일 텐데 아쉽지 않나?"

자신에게 도움이 될 정도는 아니지만 그들 입장에서 보면 큰 업적까지는 아니더라도 이번의 새끼 검은 뱀처럼 흘러나

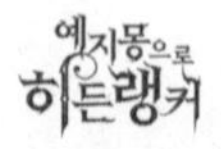

오는 놈들만 처리해도 명예 포인트를 꽤 획득할 수 있었다.

“아쉽지 않다면 거짓말이겠지만 저희가 머리를 맞대고 한참 생각해도 저희 정도의 실력으로는 대장님의 발목만 잡을 것 같습니다.”

보스와는 비교도 할 수 없을 정도로 작은 뱀이라고는 하지만 놈들을 상대로 몇 번이나 생사의 위기를 겪은 갤 일행은 거대화 스킬을 사용해서 보스를 처리한 가온을 통해서 한 가지 사실을 깨달았다.

‘우리 실력으로 S급 던전 공략에 참여하는 건 대장님의 발목을 잡는 짓이야.’

헬하운드 때도 그랬지만 이번처럼 소소한 역할도 제대로 수행할 수 없는 자신들이 빠지는 것이 던전을 공략하는 데 훨씬 낫다는 판단을 내린 것이다.

갤이 판단하기로 자신들의 역량으로는 기껏해야 B등급 던전이 한계였다. 무엇보다 자신들은 이렇게 높은 수준의 던전을 공략하는 데 아무런 도움이 되지 못한다.

‘제대로 던전을 공략하려면 대장님처럼 다양한 스킬과 강력한 무력을 가지고 있어야 해.’

그래서 아쉽지만 그런 결론을 내린 것이다.

가온은 말로라도 그들의 자존심을 세워 주지 않았다. 실제로 자신이 아니었다면 블루아이언 길드는 벌써 오래전에 모두 사망했을 것이고, 그들이 없어도 던전 클리어에는 아무

상관이 없었다.

"그럼 우리가 맺은 계약도 파기해야겠군."

"그건 아닙니다. 앞으로 어떻게 될지는 모르겠지만 기회가 닿으면 대장님과 함께 움직이고 싶습니다."

갤은 어쩌면 탄 차원의 최강자인지도 모르며 특히 지구의 상황에도 정통한 가온과 인맥을 맺을 기회를 절대로 놓칠 수 없었다.

'무엇보다 우리가 제공하는 정보는 탄 차원인에게는 큰 가치가 없는 데 반해서 온 훈이라는 절대 강자와의 인맥은 그 무엇보다 큰 가치를 가지고 있어!'

자신과 같은 초랭커는 궁극적으로는 지구에서 활동하는 것이 목적이지만 명예 포인트를 위해서라도 가온과의 관계는 반드시 오래 끌고 가야만 했다.

"좋아. 대신 블루아이언이 필요한 던전을 공략하는 데 우리 세상의 도움이 필요하다면 도와주도록 하지. 점보 던전 건으로 인해서 다섯 왕국에 한해서는 내 말이 어느 정도 먹힐 테니까."

스스로 부족함을 통감하고 물러나는 것이니 어떤 면에서는 현명한 행사다. 다른 초랭커들이 어떤 자들인지는 모르겠지만 이 네 사람은 충분히 영웅이 될 자질이 있었다.

"감사합니다!"

갤 일행은 가온의 대답만으로도 충분히 만족했다.

점보 던전 건으로 인해서 이 세계에서 국가 단위에도 강한 영향력을 행사할 수 있을 것으로 생각되는 온 클랜이 나서 준다면 자신들이 공략할 수 있는 적당한 수준의 던전을 확보하는 데 큰 도움이 될 것이다.

"그래도 혹시 모르니 던전을 나가지 않고 버티면서 밖으로 나가려는 놈들을 사냥하겠습니다."

"좋은 생각이야. 다만 헬하운드처럼 네 사람, 아니 길드의 전력으로도 감당하기 힘든 놈들이 나타날 수 있으니 이걸 사용하게."

가온이 곡식을 담는 용도의 작은 자루를 꺼내 주었다.

"이게 뭡니까?"

콜이 조심스럽게 받으며 물었다.

"뇌전구라는 아이템인데 마나를 주입하고 던지면 3서클에 해당하는 전격을 방출하지. 소모품이 아니라서 1시간 정도 지나면 재사용할 수 있고."

한 자루에 30개가 들어 있으니 어지간해서는 부족하지 않을 것이다.

"호, 혹시 갓상점에서 구입하신 겁니까?"

"맞아. 꽤 비싼 거니까 잘 사용해. 수계(水系) 마법이 내장된 스크롤들과 함께 사용하면 도움이 될 거야. 너무 가까운 거리에서 사용하면 안 된다는 점만 주의해."

"그런 스크롤은 거의 없지만 마법사가 셋이나 있으니 큰 도움이 될 겁니다!"

갤 일행은 고심 끝에 던전 공략을 포기했지만 가온의 배려에 크게 감사했다. 수계 마법은 위력이 약한 편이라서 매직북의 가격이 낮아서 길드의 마법사들이 모두 익히고 있었다.

"감사합니다! 대장님은 저희에게도 영원한 대장님입니다!"

갤과 콜 일행은 진심으로 가온에게 감사했다. 뇌전구라는 아이템의 가격을 떠나서 그가 진심으로 자신들을 챙겨 준다는 사실을 가슴 깊이 느낄 수 있었기 때문이다.

갤 일행이 게이트 쪽으로 후퇴하자 더 이상 눈치를 볼 필요가 없어진 가온은 정령들을 모두 소환했다. 물론 진화 과정을 겪고 있는 모둔과 앙헬은 예외였다.

정찰은 카오스가 맡았다. 정찰 범위가 기껏해야 폭이 2킬로미터 남짓이었고 그 외에는 무저갱처럼 깊은 균열이었기에 혼자서도 충분히 정찰할 수 있었다.

정찰에 나선 카오스는 금방 돌아왔다.

'뭐가 있어?'

–나비인데 굉장히 크고 숫자가 엄청 많아. 대략 5킬로미터까지는 나비로 가득해.

카오스가 인상을 쓰는 것을 보면 보통 나비는 아닌 것 같았다.

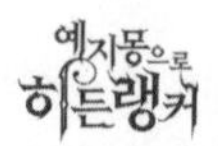

'일단 가 보자.'

검은 뱀이 서식하던 숲을 통과하자 눈앞이 환해졌다.

"꽃밭?"

눈에 들어온 풍경은 형형색색의 꽃들이 지천으로 피어 있는 초지였다. 그렇다고 누가 일부러 조성한 것은 아닌 것 같았지만 정말 거대한 꽃밭이었다.

그런데 이상한 점이 있었다. 일반적인 초식동물들은 물론이고 벌과 나비 등 곤충도 전혀 보이지 않았다. 바람에 흔들리는 꽃대와 풀잎을 생각하면 너무나 기이한 풍경이었다.

'나비는 어디 있어?'

–꽃에 앉아 있어. 내가 저 안으로 진입하자 나비들이 일제히 날아올랐어.

'네 기척을 느꼈다고?'

–응. 그런 것 같아.

이해가 가질 않았다. 카오스는 정령이기 때문에 근육으로 움직이는 일반 생물과 다르다. 공간 이동까지는 아니더라도 나비와 같은 곤충의 감각에 걸릴 정도는 아닌 것이다.

–일단 숲에서 나오지 말고 지켜봐. 내가 움직여 볼게.

가온이 카오스의 말대로 다른 정령들과 함께 숲으로 돌아가자 그녀가 움직였다.

살짝 세 쌍의 날개를 흔들자 카오스의 작은 몸이 바람을 타고 자연스럽게 꽃밭 안으로 들어갔다. 그리고 그 순간 꽃밭에 변화가 일어났다.

'헉!'

카오스가 꽃밭 안으로 들어가는 순간 그녀를 중심으로 대략 100제곱미터에 해당하는 공간이 커다란 나비들로 가득 차 버렸다. 일제히 날아오른 것이다.

정말 큰 나비였다. 날개를 활짝 편 크기가 대략 손가락을 포함한 손의 크기와 비슷했다.

색상도 무척 화려했다. 흰색부터 붉은색까지 다양한 색상에 화려한 문양을 가지고 있어서 마치 나비 전시장을 방불케 했다.

그런 나비들이 카오스를 향해 일제히 달려들었다. 정말로 미세한 공기의 유동까지 감지하는 것이 틀림없었다.

그래도 카오스가 빠르게 꽃밭의 경계를 빠져나오자 더 이상 쫓지 않는 것을 보면 일반적인 나비와 달리 영역에 집착하는 성향도 있었다.

'카오스, 두세 마리만 잡아서 돌아와!'

가온의 의념이 전해지자 카오스는 바람의 힘을 이용해서 경계 부분의 꽃 위에 내려앉던 나비 세 마리를 포박해 왔다.

가온이 그중 한 마리를 흡정장갑을 낀 손으로 잡아서 외형을 살펴보았다.

'외형은 내가 아는 나비와 비슷, 어! 이건 뭐지?'

나비의 기관 중에는 꽃가루를 흡입하는 대롱과 같은 주둥이가 있는데 끝부분이 좀 이상했다. 마치 주사기의 바늘처럼 끝부분이 유달리 뾰족했고 대롱 자체가 단단하게 느껴진 것이다.

'원래 나비 주둥이가 이런가?'

혹시 몰라서 벼리에게 물어봤다.

–확실히 이상하긴 해요. 지구의 나비 중에도 이런 형태의 주둥이를 가진 종이 없는 것은 아니지만 강도가 상당히 높아요. 이 정도면 살아 있는 생물의 가죽도 뚫을 수 있어요.

'설마 이 나비가 이 대롱을 이용해서 동물의 피와 체액을 빨아먹는 건가?'

이 던전에 가득한 마기를 생각하면 그럴 가능성도 배제할 수 없었다.

–오빠는 나비가 꿀과 과일즙만 먹는 줄 아나 보네요.

'응? 그게 무슨 소리야? 그럼 다른 것도 먹는다고?'

–당연하죠. 꽃의 꿀과 과일즙으로는 나비의 생존에 필요한 영양소를 충족할 수 없어요. 사체가 썩은 물은 물론 동물의 똥오줌에 주둥이로 빨대를 꽂고 필요로 하는 염분이나 아미노산과 같은 영양소를 머금은 분비물을 흡수하는걸요.

원래 나비가 그런 곤충일 줄이야. 일반적인 이미지와는 너무 다른 식습관에 잠깐이지만 깨는 느낌이 들었다.

–하지만 이 나비의 대롱 상태를 보면 적극적으로 동물을 공격해서 혈액과 체액을 빨아먹는 것 같아요. 그리고 나비의

날개에서 떨어지는 가루도 이상해요.

가온은 벼리의 말에 바로 녹스로 하여금 나비의 날개에서 떨어지는 가루를 살펴보게 했다.

—어지간한 동물은 흡입하고 5초 안에 몸이 마비될 정도로 강력한 마비 성분이 들어 있어.

그 말을 듣는 순간 온몸에 소름이 끼쳤다. 겉보기에 이렇게 아름다운 나비가 사실은 포식자였다니!

'이렇게 되면 나비들이 오를 수 없는 높이로 날아서 통과를 해야 할까?'

그게 가장 간단한 방법이지만 왠지 마음에 들지는 않았다. 혹시 뱀파이어를 상대하다가 부상을 입거나 투명날개를 활용하지 못하는 상황이 되면 어쩔 수 없이 이곳을 다시 지나야만 했다.

'검술이나 마법으로 이 많은 나비를 처리하는 건 불가능에 가까운데.'

꽃밭의 크기나 아까 봤던 나비의 밀도를 생각하면 처리를 하는 데 엄청난 공을 들여야 하고 마나 소모 역시 클 것이다.

'차라리 이놈들을 골드비처럼 활용할까?'

생각해 보니 괜찮은 전략이다.

하지만 그 전에 확인할 것이 있었다. 과연 자신의 생각처럼 나비가 강력한 포식자일 것인지 확인을 해야만 했다.

'카오스, 근처에서 살아 있는 생물을 본 적이 있어?'

—시체새라면 근처에 몇 마리가 있긴 해. 잡아 올까?

시체새란 원래 독수리를 포함한 수리 종류를 가리키는 말이다.

'응, 부탁해.'

시체새의 위치를 이미 알고 있는 카오스라 금방 수리와 닮은 맹금류 세 마리를 잡아 왔다.

'이놈들도 마화(魔化)되었군.'

짙은 살기가 흘러나오는 샛노란 눈도 그렇고 일반적인 수리에 비해 현저하게 큰 몸집까지 이놈들이 변종임을 알려 주고 있었다.

가온은 세 시체새의 한쪽 날갯죽지의 뼈를 살짝 부러뜨린 후 꽃밭 안으로 차례로 던졌다.

털썩! 우수수수.

시체새들이 꽃들을 짓이기며 떨어지는 순간 근처의 나비들이 일제히 날아오르더니 순식간에 시체새들을 에워쌌다.

'호오! 내가 날지 못하도록 손을 쓰기는 했지만 이렇게 빨리 몸이 굳어 버리다니 날개에서 떨어지는 가루의 마비 성분이 굉장히 강력하네.'

가온은 그 정도만 생각했지만 대략 계속해서 나비들이 날아오고 기존에 사체새들을 에워쌌던 나비들은 물러나 자리 바꿈을 했다. 그리고 5분 정도가 지난 후 나비들이 모두 제자리로 돌아갔을 때 가온은 기함을 했다.

'뼈밖에 안 남았어!'

털은 물론 가죽과 살은 전혀 보이지 않았고 뼈도 두개골이나 턱뼈처럼 단단한 부분만 남았을 뿐이다.

-아무래도 마비독만 가진 것이 아니라 산성독까지 가진 것 같아. 아니, 산성독 쪽이 훨씬 더 강력한 것 같아. 털과 가죽 그리고 살은 물론이고 대부분의 뼈를 녹여 버릴 정도니까.

'그 정도라고?'

아무래도 그냥 처리할 수가 없을 것 같다.

가온은 곧바로 갓상점에 접속해서 생물 전용 아공간 아이템 하나를 구입했다.

'이걸로 될까 모르겠네.'

이젠 화독접(花毒蝶)이라 부르기로 한 나비를 전용 아공간에 보관하는 것은 선와술을 익힌 가온에게 어려운 일이 아니었다. 3성에 오른 선와술로 인해서 굳이 이동을 하지 않아도 강력한 흡인력을 이용해서 목표를 빨아들일 수 있었다.

가온은 바로 꽃밭으로 들어가면서 선와술을 펼쳤고 불과 5분여 만에 꽃밭에는 더 이상 화독접을 찾아볼 수 없었다.

플라워스들처럼 테이밍한 것이 아니기 때문에 한번 풀어놓으면 다시 선와술을 써서 회수해야 하지만 그래도 아주 강력한 공격 수단 하나를 확보한 것이다.

'죽인 것이 아니라서 그런지 레벨은 전혀 오르지 않았네.'

아쉽기는 하지만 지금 레벨이 너무 높기 때문에 헬하운드 80여 마리를 사냥했음에도 레벨은 오르지 않았다는 점을 생각하면 앞으로는 그런 기대를 접어야 할 것 같았다.

화독접이 사라지자 이제는 진짜로 텅 비어 있는 거대한 꽃밭은 실제가 아니라 마치 그림처럼 보였다.

막 꽃밭으로 진입하려던 가온의 눈이 다시 반짝였다.

'그동안 골드비들이 제대로 먹질 못했지.'

가온은 쾌보로 순식간에 꽃밭 한가운데까지 도착한 후 바로 골드비들을 소환했다. 물론 놈들의 행동을 제어할 수 있는 여왕벌이 들어 있는 거대한 벌집 역시 꺼냈다.

가온이 챙긴 골드비들은 꿀을 모으는 용도가 아니라 전투수단이었고 생물 전용 아공간은 거의 시간이 흐르지 않았기에 벌집에는 꿀이 거의 없었다. 당연히 그곳에 들어가 있는 골드비들이 배가 고플 리는 만무하지만 녀석들이 꿀을 챙길 수 있는 기회를 그냥 놓칠 수는 없었다.

가온은 골드비들이 여느 때처럼 여왕벌이 들어 있는 벌집을 들고 있는 자신을 공격하려고 하다가 꽃향기에 이끌려 일부가 꿀을 모으러 갈 것으로 예상했다.

그런데 놀랍게도 열두 무리나 되는 골드비들은 그를 공격할 생각을 하지 않고 사방으로 흩어졌다.

'뭐지? 왜 공격을 하지 않는 거지?'

이건 이제까지 봤던 골드비의 일반적인 생태와는 다른 변화였다.

하지만 이제 더 이상 자신을 공격하지 않으니 굳이 신경을 쓸 필요는 없었다.

'그나저나 이 상태로는 좀 곤란하군.'

거대한 벌집의 일부를 잘라서 보관하고 있는 상태이기에 지금만 해도 양손에 꿀이 잔뜩 묻어서 찐득한 감각이 불쾌하게 느껴졌다.

가온은 모라이족의 알름에게 의념을 보냈다.

–헤루스께서 어쩐 일이십니까? 시킬 일이 있으시면 밖으로 부르시지요.

'헤루스라니 그건 또 무슨 소리입니까?'

시킬 일이 있어서 알름에게 의념을 보냈더니 이상한 소리를 했다.

–하하하. 앞으로 우리 아니테라의 거주민들은 온 님을 헤루스라 부르기로 했습니다. 벼리가 그러는데 고대 지구어로 소유주라는 뜻을 가지고 있다고 하더군요.

쉽게 해제할 수 있는 계약으로 묶여 있어 '주인'이라는 단어를 쓰는 대신 생명의 아공간인 아니테라의 소유주라는 의미로 헤루스라고 부르기로 한 모양이다.

'그렇군요. 그건 됐고……. 혹시 모라이족이 골드비의 꿀통을 제작했습니까?'

지난번에 아니테라에 들렀을 때 멀리에서 골드비들을 위한 것으로 보이는 거대한 목조건물을 본 적이 있었다. 만약 골드비들이 들락날락하지 않았다면 꿀통이라고는 생각하지 못했을 정도로 높은 탑 형태의 건물이었다.

단순히 탑 형태가 아니라 손바닥 높이의 선반을 층층이 쌓아 올릴 형태였다.

–그렇습니다. 녀석들이 워낙 몸집이 커서 그런지 채집하는 화분의 양도 엄청나서 그런 식으로 크게 제작했습니다. 보통 꿀을 모으는 벌들은 집부터 짓고 아래쪽부터 채우기 때문에 그런 식으로 쌓으면 꿀이 필요할 때 아래에 있는 칸을 빼고 위에 빈칸을 넣으면 됩니다.

'혹시 여유분이 있습니까?'

–당연히 있지요. 바로 준비하겠습니다.

벌통을 아니테라에서 이곳으로 가져오는 것은 정령들이 할 수 있었다.

가온은 바로 모라이족이 골드비를 위해 특별히 고안한 새로운 벌집을 꺼내 알름의 조언대로 여왕벌이 있는 부분을 아래층에 집어넣었다. 일종의 분봉에 해당하는 작업이었다.

꿀을 모으러 나가지 않은 골드비들은 새로운 벌집이 마음에 드는지 가장 아래쪽에 있는 작은 틈 안팎을 오가면서 새로운 집을 만들었다. 그러자 여왕벌은 알을 낳기 시작했고 일벌들은 알을 나르고 빈 벌집 안에 꿀을 채우기 시작했다.

그사이에 가온은 정령들의 호위를 받으며 명상을 했다. 선와술을 꽤 오래 사용했기 때문에 다시 출발하기 전에 영력을 충전할 필요가 있었다.

그렇게 시작한 명상은 음양신공의 연공으로 이어졌고 청류 심법까지 운용한 후에야 끝났는데, 대략 2시간 정도가 소요되었다.

연공을 마치고 자리에서 일어난 가온은 날아갈 듯 가벼운 몸 상태에 만족했다.

'신기하네.'

음양기는 물론 마력이 눈에 띄게 증가했다. 이대로라면 음양기는 곧 1천만을 넘을 것이고 마력 또한 200만을 넘길 것이다.

그런 변화는 헬하운드와 검은 뱀 들을 대상으로 파워드레인 스킬을 펼쳤기 때문이었지만 전혀 예상하지 않았던 성과도 있었다.

뜻밖에도 연공 과정에서 몸 곳곳의 마나 포인트에 자리를 잡은 양기가 호흡을 통해 들어온 이곳의 농후한 마기와 자연스럽게 반응을 해서 음양기로 바뀌었는데, 그 양을 짐작하기 어려울 정도로 엄청났다. 그래서 무려 2시간에 걸쳐서 연공을 한 것이다.

자신의 상태를 확인하고 벌통들을 확인한 가온은 깜짝 놀랐다.

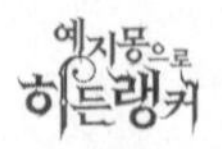

"이게 벌써 꽉 차 버렸네!"

총 15개의 선반으로 구성된 열두 개의 벌통은 빈 공간이 거의 없을 정도로 꿀로 꽉 차 있었다. 몸집이 큰 만큼 골드비들의 꿀 모으는 능력이 그만큼 엄청났다.

가온은 새로운 벌통 하단에 여왕벌이 들어 있는 선반을 꽂아서 분봉을 유도한 후 골드비들이 모두 새 벌통으로 옮겨가자 애벌레 일부와 꿀이 가득 차 있는 벌통을 아공간에 따로 챙겼다.

골드비들이 다시 꿀을 모으러 나가려고 할 때 홀리아이스 마법으로 벌통 주위의 온도를 떨어뜨려서 강제로 활동을 막은 후 전용 아공간에 벌통을 넣는 것으로 이곳에서의 일을 마무리했다.

고성古城의 뱀파이어

꽃밭을 끝으로 더 이상 마물이 나타나지 않았다.

'혹시 뱀파이어 보스가 이곳의 일을 지켜보고 더 이상 내 전투력을 시험할 필요가 없다고 생각한 것일까?'

가온은 그런 생각을 하며 고성이 있는 산꼭대기로 이어지는 구불구불한 오르막길을 오르기 시작했다.

길은 조금씩 좁아졌고 양쪽 끝 아래는 끝이 보이지 않는 심연이었지만 가온의 걸음에는 거침이 없었다. 정찰이야 정령들이 해 주고 있었으니 크게 긴장할 필요도 없었고 뭐가 나타나든 상대할 자신이 있었다.

빠른 걸음으로 20분 정도 올라가자 안개가 나타났다. 꽤 올라왔으니 구름이라고 해야 할지 알 수 없었지만 기분 나쁜 안개였다.

물론 가온은 과감하게 안개 속으로 들어갔고 심안 스킬을 통해서 제대로 길을 찾아서 올라갈 수 있었다.

그런데 안개를 뚫고 5분 정도 올라갔을 때 상공의 정찰을 맡은 녹스의 의념이 전해졌다.

–가고일이야!

가고일이라면 새의 머리와 날개를 가지고 있으며 인간의 몸을 가지고 있는 마계의 마수로 보통 석상으로 있다가 침입자가 나타나면 움직이는데, 몸이 돌로 만들어져 있어 처리하기가 무척 어렵다.

그동안 가온이 현실에서 해온 게임에서는 주로 망치와 같은 타격 무기나 마법으로 처리를 했는데 이곳의 가고일은 어떨지 모르겠다.

'파르, 이 모양으로 변해!'

방호 부분은 플렉시블 슈트와 신성력을 방출해서 만든 보호막 그리고 카우마를 곁에 대기시키는 것만으로도 충분했다.

물론 그 전에 거대화 스킬을 활성화시켰다.

키가 15미터에 이르는 거인으로 변한 가온은 파르가 변한 무기를 쥐고 있었다. 길고 견고한 끈 한쪽에 날카로운 가시가 돋아난 성인 머리 크기의 구체가 달려 있는 단유성(單流星)이었다.

본래 유성추는 끈의 양쪽 끝에 추를 단 것으로 던져서 상대의 움직임을 구속하는 용도로 많이 쓰이지만 지금 파르가 변한 모양은 한쪽에만 추가 달려서 채찍처럼 사용할 수도 있었다.

미리 대비를 하고 있었던 덕분에 가고일이 짙은 안개를 뚫고 모습을 드러내기 직전에 유성추로 놈의 머리를 단박에 부숴 버릴 수 있었다.

퍽! 퍽! 퍽!

가고일도 안개를 뚫어 볼 수 있기에 이런 기습을 하는 것이겠지만 심안 스킬을 활성화시킨 가온만큼 훤히 볼 수 있는 것은 아니다.

짙은 안개를 뚫고 날아간 30미터 길이의 유성추는 놈들이 감지하기도 전에 날아가서 돌로 이루어진 머리통을 산산조각을 부수었다. 유성추에는 가온의 몸을 갑옷처럼 둘러싸고 있는 신성력이 담겨 있어서 가고일의 방호력으로는 감당할 수가 없었다.

그렇게 가온은 유성추를 사용해서 대략 10여 분에 걸쳐서 가고일 100여 마리의 머리통을 차례로 부수었다. 물론 사체는 카오스가 다 챙겼다.

'한꺼번에 덮쳤으면 좀 골치가 아팠을 텐데 나한테는 다행한 일이지.'

마나를 자유롭게 운용할 수 있는 소드마스터급 기사들이

라고 해도 짙은 안개를 뚫고 날갯짓 소리도 없이 나타난 가고일을 처리하는 것은 쉽지 않았을 것이다. 그만큼 마기를 가득 머금고 있는 안개는 짙었다.

그렇게 산을 오르면서 가고일을 처리하고 짙은 안개를 빠져나오자 어느새 산 중턱이었다. 다행하게도 100여 미터 구간은 안개가 없어 어둡기는 하지만 시야가 훤히 열렸다.

―가온, 박쥐야! 어마어마한 숫자의 박쥐들이 그쪽으로 몰려가고 있어!

―송곳니에 구멍이 있는 것으로 보아서 흡혈박쥐 같아!

카오스에 이어 녹스도 경고를 보냈다.

경고를 듣는 순간 가온은 카우마를 불렀다.

'이 팔찌의 아공간에 들어가 있다가 박쥐들이 들어오는 대로 초고열로 태워 버려!'

―알겠어요!

'아! 마누, 네가 같이 들어가서 먼저 전격으로 지져 버려!'

마누는 가온의 곁을 떠나지 않고 있었기에 바로 지시대로 움직였다.

가온은 곧바로 선와술을 펼쳤다.

위이이잉.

가온의 앞에 작은 소용돌이가 생기더니 이내 강력한 흡인력으로 공기를 빨아들이기 시작했다. 그리고 곧 그를 향해 검은 구름처럼 포위를 하면서 날아오던 박쥐들이 그 안으로 맹렬한 속도로 빨려 들어가기 시작했다.

개중에는 소용돌이가 있는 앞이 아니라 그의 뒤쪽으로 날아오는 놈들도 있었지만 시전자인 가온의 몸을 제외한 모든 것을 빨아들이는 흡인력에 의해 소용돌이로 빨려 갔다.

영력으로 시전하는 선와술의 위력은 대단해서 초당 수백 마리에 달하는 흡혈박쥐가 소용돌이 안으로 빨려 들어갔다.

어느덧 3레벨이 된 선와술로 인해서 소용돌이의 반경은 400미터가 되었고 초당 소모 영력은 2,500으로 줄었기 때문에 가온은 거의 374초, 즉 6분 이상 선와술을 지속해서 펼칠 수 있었다.

그런데 어느 순간 소용돌이로 빨려 들어가려던 박쥐 한 마리가 갑자기 인간으로 변했다.

"뱀파이어!"

물론 이런 상황까지 상정한 것은 아니지만 변수에 대비해서 준비를 하고 있던 가온이 마나탄을 날렸다.

퍽!

머리통이 터진 뱀파이어는 힘없이 다른 흡혈박쥐들과 함께 소용돌이로 빨려 들어갔다.

시간이 갈수록 박쥐로 변신했던 뱀파이어들이 더 많이 나타났다. 하지만 놈들은 가온을 공격할 겨를이 전혀 없었다. 소용돌이의 가공할 흡인력에 대항하는 것만으로 힘이 들었기 때문이다.

퍽! 퍽! 퍽!

선와술을 시전하면서도 마나탄을 날리는 가온은 전혀 흔들리지 않았다.

나중에는 멀리 떨어진 곳에서 변신을 해제하는 뱀파이어들도 나왔지만 가온의 마나탄에 연신 머리통이 터져 나갔다. 그 정도로 마나탄의 속도는 빨랐고 위력 또한 가공할 정도였다.

이제 선와술로 인해 생겨난 소용돌이의 흡인력은 짙은 안개로 인해 가온 쪽의 상황을 전혀 모르는 흡혈박쥐와 흡혈박쥐로 변신한 뱀파이어들도 가공할 흡인력에 속절없이 끌려갈 수밖에 없었다.

선와술을 펼친 지 대략 5분 정도가 지났을 때 카오스와 녹스의 의념이 차례로 전해졌다.

–가온, 이제 더 이상은 없어!

–가온은 정말 대단해!

늘 자신과 함께해 와서 그의 능력을 잘 알고 있는 두 정령도 경외심을 품을 정도로 선와술의 위력은 정말 대단했다.

가온은 팔찌의 아공간에 들어 있는 잿더미를 확인하고 의지로 그것들을 모두 꺼냈다. 흡혈박쥐고 뱀파이어고 형체를 유지하고 있는 개체는 아예 없었다. 남은 거라곤 재밖에 없었다.

'이래서는 파워드레인 스킬을 못 쓰겠네.'

그때 카우마와 마누가 나왔다.

-아공간이 마기로 꽉 찼어요!

그랬다. 전격과 초고열로 인해서 재가 되어 버린 뱀파이어는 사체를 남기지는 못했지만 생전에 가지고 있었던 마기를 남긴 것이다. 마정석도 안 보이는 것을 보면 초고열에 모조리 타 버린 것 같았다.

가온은 아공간 팔찌에 손을 대고 파워드레인 스킬을 펼쳤다. 공간을 격해서 뱀파이어들이 남긴 마기를 빨아들일 수 있을지 걱정이 되었지만 생각과 달리 순조롭게 스킬이 발동했다.

그사이에 머릿속으로 전해지는 안내음은 레벨이 3 상승했다는 내용이었다.

'대체 뱀파이어가 몇 마리나 되었던 거야?'

선와술을 펼치고 있는 중이라서 의식 일부를 사용했기 때문에 구체적인 숫자까지는 기억하지 못했다.

-총 212마리였어요. 그중 셋은 등급 외의 마정석을 가지고 있었고 상급은 열여섯, 나머지는 그 이하였어요. 영석도 세 개나 나왔어요.

어쩐지 아공간에 남아 있던 마기의 양이 엄청나더라니. 거기에 영석이 세 개가 나왔다면 그 세 놈은 마계에서 연원한 고위급 뱀파이어가 틀림없을 것이다. 마계의 존재가 아니면 영석은 가지고 있지는 않았을 테니 말이다.

'이제 남은 건 보스뿐이겠네.'

산꼭대기의 고성을 바라보는 가온의 눈이 빛났다.

예상한 대로 고성까지 올라가는 동안 그 어떤 기습도 받지 않았다.

–성안은 텅 비어 있어. 지하실에 있는 거대한 관을 포함한 수많은 관들을 제외하고는. 아마 유일하게 닫혀 있는 거대한 관 안에 뱀파이어 로드가 들어 있을 거야.

미리 성안을 살펴본 카오스의 보고였다.

성을 구경할 여유는 없었다. 아무리 고색창연하고 아름답더라도 성은 성일 뿐이었다.

가온은 카오스가 안내하는 대로 성으로 진입해서 바로 지하실로 내려갔다.

'캄캄하지는 않네.'

넓은 지하실 곳곳에는 밀랍으로 만든 큰 황초들이 커져 있어 어둡기는 하지만 적응이 된 눈은 사물을 또렷하게 볼 수 있었다.

'내가 처리한 놈들이 들어 있었던 관들이군.'

정중앙에는 아직 뚜껑이 닫힌 화려한 문양이 새겨진 대리석 관 하나가 자리하고 있었지만 주위에 있는 수백 개의 관들은 열려 있는 상태였다.

'뱀파이어 로드는 지난번에 상대했던 마족보다는 약하겠

지?'

그런 생각이 들기는 했지만 그건 상대해 봐야 알 수 있었다.

'일단 부수자!'

막 로드가 들어 있을 관을 향해 마나탄을 날리려던 가온은 문득 떠오른 생각에 행동을 멈추었다.

'가만! 마족에게 피해를 줄 수 있는 아이템이 있었던 것 같은데.'

그동안 던전들을 클리어하고 획득한 아이템의 숫자가 워낙 많아서 생각도 못 하고 있었는데 문득 그 생각이 난 것이다.

'생각났다! 랑트 남작이 목숨을 구해 준 은혜를 갚겠다면서 주었지.'

바로 스피릿 미러였다. 평소에는 소지자의 정신을 맑게 유지하게 해 주지만 마계에 연원을 둔 마물들에 거울을 비추면 어지간한 놈들은 소멸된다는 설명이 있었다.

'멍청한!'

진작 이 거울의 존재를 떠올렸다면 뢰벨르라는 고위급 마족을 상대할 때도 그런 위험에 처하지 않았을지 모른다.

가온은 필요하다 싶으면 닥치는 대로 챙기지만 제대로 파악하고 있지 못해서 결정적인 순간에 활용하지 못한 자신을 자책했다.

아공간을 뒤져서 청동 거울을 꺼내 왼손에 쥔 가온은 혹시 몰라서 중앙의 관 주위에 홀리필드진을 설치했다. 그동안 아나샤가 설치하는 것을 워낙 많이 봤거니와 충분한 성물은 물론 정확하게 방위를 설정하고 수치를 잴 수 있는 정령들이 있으니 어려운 일은 아니다.

"발동!"

성물에 신성력을 주입하는 것으로 홀리필드진을 발동시키자 그동안 아무 변화도 없었던 중앙의 거대하고 화려한 관의 뚜껑이 바로 들썩거렸다.

"워터!"

가온은 관을 향해 워터 마법을 펼쳤고 마침 열리고 있는 관 안쪽으로 대량의 물이 들어갔다. 그리고 막 관 밖으로 길고 날카롭게 구부러진 손톱이 보이는 순간 뇌전신공을 펼쳤다.

파츠츠츠.

관 주위는 물론 관 안쪽까지 순식간에 시퍼런 뇌전이 퍼졌다. 순간적인 위력은 뇌룡의 폭주 스킬이 더 강했지만 뇌전신공은 오래 유지할 수 있다는 장점이 있었다.

드드드드.

관 안쪽 상황은 모르겠지만 관 주위는 물론 대리석관 자체는 전격에 휩싸여 미세하게 진동하고 있었다.

아마 당연하게도 뱀파이어 로드는 몸이 경직되어 움직이

지 못할 것이다. 그 증거로 관을 잡고 있는 손이 떨릴 뿐 더 이상 움직이지 않았다.

아무리 뱀파이어 로드가 고위급 마족이라고 해도 강력한 전격에 신경망이 손상을 받았으니 제대로 움직일 수 없다는 증거였다.

그때 가온은 또 다른 생각을 하고 있었다.

'뇌전기에 신성력을 섞으면 어떨까?'

가온은 충동적으로 뇌전기에 신성력을 더했다.

파츠츠츠츳!

"끄아아아아악!"

시퍼런 색이었던 전격은 순간 청백색으로 바뀌었는데 관 안쪽에서 끔찍한 비명이 터져 나왔다. 이전만 해도 움직이지 못할 뿐이었던 뱀파이어 로드가 심한 고통을 느끼는 것이다.

'어떤 놈인지는 확인해야지. 마누, 내 대신 전격을 퍼부어!'

뇌전신공을 거두었지만 마누로 인해서 전격의 위력은 더욱 강해졌다.

가온은 다시 시퍼런 색으로 변한 뇌전 속을 천천히 걸어서 관 안쪽이 보이는 곳까지 갔다.

'호오! 여자였군.'

전격 때문에 시퍼렇게 변한 뱀파이어 로드는 얼굴을 흉측하게 일그러뜨린 채 소름 끼치는 비명을 지르고 있었다. 그러다가 가온을 봤는지 붉은 안광이 더욱 강렬해졌지만 말이라고 할 수 있는 건 나오지 않았다.

뱀파이어 로드를 본 가온은 내심 감탄했다.

'인간을 초월한 아름다움과 매력을 가지고 있네.'

외모나 풍기는 분위기만 보면 어떤 남자든 반해 버릴 정도로 아름다웠다. 아니, 외모뿐 아니라 굉장히 다양한 매력을 가지고 있었다.

마른 듯하면서도 굴곡이 뚜렷한 육감적인 육체는 뇌쇄적이었다. 드레스와 같은 고풍스러운 옷 밖으로 드러난 새하얀 피부는 여자 경험이 많은 가온의 눈까지 사로잡을 정도였다.

그리고 몸매와 달리 병자처럼 창백하면서도 가련해 보이는 미모의 얼굴은 보듬어 주고 싶은 보호 본능을 유발했고, 그러면서도 도도하고 차가운 분위기는 왠지 괴롭히고 싶은 충동이 들게 만들었다.

그러면서도 고아한 교양미와 농염한 성적 매력을 가지고 있어서 보통 남자는 이 여자가 뱀파이어라고 해도 스스로 그녀의 입에 목덜미를 갖다 댈 것 같았다.

'하지만 마족인 뱀파이어 로드지.'

입 양쪽으로 빠져나온 길고 날카로운 송곳니와 진득한 원한과 살기로 가득한 눈빛은 그런 여성미와 매력을 부수기에 충분했고 이렇게 오래 전격에 견디는 것만 봐도 얼마나 위험한 존재인지 다시 일깨워 주었다.

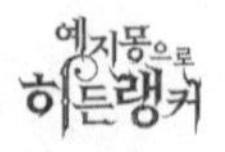

얼마 후 뱀파이어 로드도 전격으로 인해 자신이 소리로 의사소통을 할 수 없다는 사실을 알았는지 가온의 머릿속으로 의념이 전해졌다.

-넌 누구냐?

'던전 밖에서 온 사람.'

-누군데 감히 날 공격하느냐?

'그게 중요한 게 아니잖아. 넌 이제 곧 소멸할 것이다.'

마족에게 한번 되게 당한 터라서 마족에 대한 증오심이 끓어오르는 가온은 로드와 오래 대화할 생각은 없었다.

그래도 한편으로는 수하들과 달리 자신이 나타난 것을 충분히 알았을 텐데 왜 지금까지 관에서 나오지 않았는지는 조금 궁금했다. 물론 물어볼 생각은 없었지만.

그런데 뭔가 이상한 감각이 느껴졌다. 마치 어지럼증을 느끼는 것처럼 시야가 흔들리고 몸이 제대로 움직여지지 않는 감각이었다.

'아뿔싸!'

필경 뱀파이어 로드의 눈빛이 문제일 것이다.

가온이 뱀파이어에 대해서 알고 있는 것이라고는 아주 높은 수준의 변신 능력과 생존과 힘을 위해서 인간의 피를 탐한다는 정도에 불과했다. 하지만 이 뱀파이어는 로드인 만큼 다른 추가적인 능력을 가지고 있을 것이 분명했다.

그가 꼼짝도 하지 못하는 동안 시퍼런 뇌전에 휩싸인 상태였지만 뱀파이어 로드가 서서히 일어나기 시작했는데 눈빛만으로 가온을 태워 죽일 것처럼 살벌했다.

그런데 가온이 경각심을 가진 순간 왼손에 들고 있던 청동 거울에서 기이한 기운이 시작되어 전신으로 퍼져 나가자 이내 몸이 정상으로 돌아왔고 머릿속도 찬물을 뒤집어쓴 것처럼 맑아졌다.

그 기운은 신성력과는 비슷했지만 정확히 같지는 않았지만 마기에는 상극인 것이 분명했다.

'역시 대단한 아이템이야.'

가온은 귀청을 찌르는 날카로운 비명을 지르면서도 일어나고 있는 뱀파이어 로드를 향해 청동 거울을 비추었다.

"끄애애액!"

뱀파이어 로드의 입에서는 이제까지와 달리 높은 비명이 터져 나왔다.

파츠츠츠즈.

시퍼런 전격에도 몸이 굳었을 뿐 멀쩡했던 뱀파이어 로드의 몸에서 검은 연기가 피어오르기 시작했다.

-제발! 제발 살려 줘! 살려만 주면 뭐든 시키는 대로 할게! 노예라도 좋아!

마족답지 않게 죽어 가는 톤으로 애원을 하는 뱀파이어 로드의 모습이 안쓰러울 정도였다.

게다가 순간적으로 찡그렸던 얼굴을 폈는데, 인간 여성을 초월한 미모는 물론 청순한 이미지와 색정적인 매력까지 느낄 수 있었다.

'노예가 되겠다니 한번 살려 줄까?'

자연스럽게 마족을 노예로 부리는 문제를 생각해 보자 그렇게 위험할 것 같지 않았다. 그에게는 이미 앙헬이라는 서큐버스 퀸이 귀속된 상태로 꽤 도움을 주고 있었다.

'뱀파이어 로드라면 더 많은 능력을 가지고 있지 않을까?'

그런 생각을 하며 애처로운 눈으로 그를 간절하게 쳐다보는 뱀파이어 로드를 보던 가온은 자신도 모르게 언젠가 봤던 일본의 야애니의 한 장면이 떠올랐다.

색정적이면서도 청초한 미모의 여자 노예가 다양한 의복을 입고 주인을 위해 봉사하는…….

―오빠, 정신 차려요!

'헙!'

야한 상상을 하며 자신도 모르게 상대의 몸을 비추는 청동거울을 살짝 치우려던 가온은 벼리의 벼락과 같은 의념에 화들짝 놀라 정신을 차렸다.

'대, 대체 내가 왜 이러지?'

가온은 이해가 가질 않았다. 사랑할 뿐 아니라 성적으로 만족시켜 주는 여인들이 있는 자신이 왜 뱀파이어 로드를 보고 야릇한 상상을 한단 말인가.

―오빠가 이상한 게 아니에요! 뱀파이어 로드의 뇌파가 자

꾸 오빠의 뇌파에 침투하고 있어요!

'이런!'

아무래도 뱀파이어 로드는 상대의 정신을 교란시키는 능력을 가진 모양이다. 나름 높은 정신력을 가진 가온을 순간적으로 홀리는 능력이라니.

'역시 마족은 위험해!'

가온은 잠시지만 방심했던 자신을 자책하면서 순간적으로 치밀어 오른 분노를 이기지 못하고 뱀파이어 로드를 빨리 소멸시켜야겠다고 생각했다. 그리고 특별히 의도한 것은 아니지만 신성력을 청동 거울에 주입했다.

화악!

순간 청동 거울에서 신성한 빛이 방출되더니 뱀파이어 로드의 몸에서 피어오르는 연기의 양이 비약적으로 증가했다.

-끄아아악! 제발! 살려 줘!

그렇게 비명과 절규를 하던 뱀파이어 로드의 육체는 어느새 연기에 휩싸여 더 이상 보이지 않았다. 대신 머릿속으로 전해지는 사념은 계속 이어졌지만 빠르게 약해졌다.

-억울해! 그동안 흡혈한 인간들의 피를 모두 흡수했으면 이렇게 허무하게 소멸하지 않았을 텐데…….

아쉬움이 가득한 의념으로 보아 이전에 던전을 공략했던 인간들 중 상당수가 이 로드에게 흡혈을 당했고, 상대는 지금까지 피에 담긴 힘을 자신의 것으로 받아들이고 있었던 모양이다.

'다행이네!'

마족에게 상극인 힘을 품고 있는 청동 거울을 가진 상태에서도 자신을 홀릴 정도로 대단한 정신 능력을 가진 뱀파이어 로드가 아무런 제한 없이 그를 맞이했다면 상황은 무척 위험했을 것이 분명했다.

'방금 전도 무척 위험했지.'

불안해진 가온은 혹시 몰라서 뱀파이어 로드의 의념이 끊어진 후에도 몇 분 정도 더 청동 거울에 신성력을 주입하는 데 전념했다.

—온 님, 그만해도 될 것 같아요.

마누의 의념에 정신을 차려 보니 전격이 사라진 관 안에 주먹 크기의 마정석과 강한 영기를 방출하는 영석, 그리고 정체를 알 수 없는 세 개의 보석만 남아 있었다.

'소멸된 건가?'

—아마도요.

그때 던전 클리어를 알리는 안내음이 전해졌다.

'후우!'

가온은 뱀파이어 로드를 대상으로는 파워 드레인 스킬을 펼치지 못했음에도 전혀 안타깝지 않았다. 그만큼 위험한 존재였기 때문이다.

'벼리나 정령들이 아니었으면 이렇게 쉽게 뱀파이어 던전

을 공략하지는 못했을 거야.'

그래도 뒤이어 연속해서 들려오는 보상에 대한 안내음에는 어쩔 수 없이 미소를 지을 수밖에 없었다.

여기까지 올라오는 동안 해치운 놈들로부터는 별다른 보상을 받지 못했지만 뱀파이어들과 뱀파이어 로드를 처치하는 것으로 레벨이 7이나 올랐다.

'스킬과 특성도 주는 거야?'

칭호는 몰라도 스킬이나 특성은 기대하지 않았기에 기쁜 마음으로 확인해 보았다.

변신

등급 : 서사
상세
–원하는 동물로 변신할 수 있다.
–스킬 레벨에 따라서 변신할 수 있는 동물과 크기가 달라진다.
–변신 중에는 스킬 사용에 제한이 있다.

'호오! 재미있는 스킬이네.'

어릴 때였는데 지금은 이유는 생각나지 않지만 가끔 새나 다른 동물로 변신할 수 있으면 좋겠다는 공상을 했었다.

'변신 스킬을 사용하면 투명날개를 사용하지 않아도 공중 정찰이 가능하겠어.'

다만 새로 변신했을 때는 다른 능력을 사용하는 것에 제한

이 있으니 특별한 경우가 아니라면 사용할 필요는 없어 보였다. 그래도 활용하기에 따라서 변신 스킬은 큰 도움이 될 것 같았다.

이 정도의 보상을 주는 것을 생각하면 뱀파이어 로드는 굉장히 강한 상대였다.

로드가 그동안 흡혈한 피를 소화시키느라 자신의 행동을 주시하지 않았다면 이렇게 전력을 다한 기습을 가해서 비교적 쉽게 해치우기는 불가능했을 것이다.

이번에는 특성의 내용을 확인했는데 기뻐해야 할지 말아야 할지 모르겠다.

바람둥이

등급 : S

상세

–눈빛, 분위기, 체향으로 원하는 이성을 유혹할 수 있다.

–상대를 유혹하겠다고 마음을 먹는 순간 특성이 발현된다.

–시전자의 모든 행동이 상대에게 강렬한 만족감을 안겨 준다.

'뭐 이런 특성이 다 있어?'

이런 특성이 나올 거라고는 생각도 하지 못했다.

혹시 자신이 소멸시킨 인물이 뱀파이어 로드나 퀸이 아니라 서큐버스 퀸이었던 걸까?

아레오와 아냐샤 그리고 투하란을 만나기 전이라면 꼭 얻고 싶을 특성이지만 지금의 가온에게는 전혀 필요가 없었다.

'모둔과 앙헬까지 생각하면 여자는 지금도 차고 넘친다고!'

다른 특성과 달리 패시브는 아니니 쓸 일은 없겠지만, 뭐 그래도 남자의 입장에서 흐뭇할 수밖에 없는 특성이다.

그렇게 보상을 확인한 가온은 마정석과 영석 그리고 정체를 알 수 있는 보석 세 개를 챙겼다.

'아무래도 궁금해서 안 되겠다!'

용도를 알 수 없는 보석의 정체가 너무 궁금한 나머지 가온은 그 자리에서 갓상점에 접속해서 관련 스킬을 검색했다.

얼마 후 찾아낸 스킬은 '감정'이었다.

'등급에 따라 포인트가 대폭 증가하네.'

가온은 잠시 고민하다가 고급 감정 스킬을 10만 포인트를 주고 구입했다. 기초나 일반 등급의 감정 스킬로는 향후 자신이 얻을 아이템을 제대로 감정하지 못할 거라고 생각한 것이다.

곧바로 감정 스킬을 사용해서 정체를 알 수 없는 붉은 보석의 정보를 확인해 보았다.

혈석

등급 : 유일
상세
-마족 서열 312위의 뱀파이어 퀸 '라이린'의 혈기가 깃든 보석으로 삼키면 혈기를 사용할 수 있다.

내용은 간략했지만 가온은 감정 스킬에 충분히 만족했다.

'로드가 아니라 퀸이었군. 그런데 혈기라는 건 과연 어떤 힘일까?'

궁금했지만 알아보는 것은 나중이다. 가온은 혹시 잊을까 싶어서 벼리에게 조사를 부탁하고 혈석을 마정석과 영석과 함께 아공간에 집어넣었다.

카오스가 찾은 차원석을 챙기는 것으로 던전을 완벽하게 클리어한 가온은 투명날개를 이용해서 던전을 빠져나왔다.

게이트를 빠져나오는 순간 들려오는 안내음에 가온은 자신도 모르게 만족스러운 미소를 지었다.

'던전 클리어로 레벨이 5가 더 올랐어. 명예 포인트는 1천만이고.'

이제 레벨은 587이 되어 600을 바라보게 되었고 명예 포인트 역시 지출분을 생각하더라도 500만이 더 늘었다.

던전 클리어를 알리는 안내음을 듣고 먼저 던전을 나간 콜 일행이 경외심이 가득한 얼굴로 달려오는 바람에 짧게 상태창을 훑어봤는데, 에너지 카테고리는 물론이고 스텟들도 소폭 증가해서 더욱 만족스러웠다.

치료 캡슐

다행하게도 갤 일행은 물론 블루아이언 길드원 모두가 던전 클리어의 보상을 받았다. 갤이 길드원들을 다시 던전으로 불러들여서 게이트 밖을 나가려는 마수들을 막은 것이다.

"모두 죽기를 각오하고 게이트를 사수한 덕분에 레벨업은 물론이고 명예 포인트 보상까지 얻었습니다."

얘기를 들어 보니 네 명이 던전에 나갔다가 길드원들을 데리고 다시 들어왔을 때 100여 마리의 다크오크들이 나왔다고 한다.

다크오크는 일반 오크의 두세 배에 해당하는 전력을 가지고 있었지만 블루아이언 길드원들은 가온이 준 뇌전구와 매직스크롤 등 가지고 있는 모든 것을 다 사용해서 놈들을 해

치울 수 있었다고 했다.

'적어도 네 명은 검기 사용자이니 가능한 일이긴 하지.'

나머지 길드원들이 뇌전구와 매직 스크롤을 이용해서 다크오크를 상대하는 동안 검기를 사용할 수 있는 갤 등이 적절하게 날뛰었다면 가능한 일이긴 하다.

그래도 가온이 객관적으로 본 블루아이언 길드의 전력을 생각하면 한 명도 죽지 않고 다크오크 100여 마리를 해치운 것은 대단한 일이다.

"대장님은 어떻게 하실 생각입니까?"

블루아이언 길드는 다른 던전의 공략 권한을 얻기 위해서 왕국에서 보낼 전력을 기다리겠다고 했다.

"나는 그럴 시간이 없으니 중요한 일이 있어서 먼저 떠났다고 대신 말을 전해 주시오."

헤트랑 공작에게 받을 것도 받았고 해 줄 것도 해 주었으니 굳이 계속 얽히고 싶지 않았다. 자칫 붙잡히면 이곳에서 한동안 던전을 공략해야 한다.

물론 던전 공략을 거부하는 건 아니다. 이번에 받은 보상이 말해 주듯 던전은 가온에게 있어 보물이 널려 있는 장소나 다름없었다.

그런데 왜인지 지금은 의욕이 나질 않았다. 아니, 의욕이 저하된 것이 아니라 기분이 아주 심란했다.

'왜 이러지?'

잠깐 위험한 순간은 있었지만 보상도 빵빵하게 받았기에 기분이 좋아야 하는데 이상하게 마음이 안정되지 않고 불안했다.

'설마 집이나 아니테라에 무슨 일이 있는 건 아니겠지?'

육감이 발달한 상태라서 그런지 예사롭게 생각되지 않았다.

가온은 헤트랑 공작을 기다리지 않고 바로 그곳을 떠났다. 적당한 곳에서 오랜만에 로그아웃을 할 생각이었다.

적당한 곳에서 막 아니테라로 건너가려고 할 때였다.

–오빠!

왠지 무겁게 느껴지는 벼리의 의념에 가온은 강렬한 불안감을 느꼈다.

'왜?'

–빨리 로그아웃해요!

'로그아웃하라고?'

–네. 아무래도 천안에 내려가 봐야 할 것 같아요.

'본가에 무슨 일이라도 있는 거야?'

두근두근!

갑자기 가슴이 무섭게 뛰기 시작했다.

–어머니께서…….

'엄마가 왜?'

-친구분들과 놀러 가셨다가 돌아오는 길에 교통사고가 났어요.

'교통사고?'

자율 주행 자동차가 증가하면서 교통사고는 획기적으로 줄었다. 사실 교통사고의 90%는 운전자의 실수로 인해서 발생한 것이기 때문에 자율 주행 자동차가 등장하면서 사고율이 그만큼 준 것이다.

-어머니와 친구분들이 탄 승용차는 정상적으로 운행하고 있었는데 자율 운행이 아닌 상대 자동차의 운전자가 도로의 블랙아이스를 제대로 파악하지 못하고 미끄러져서 두 차가 충돌하고 말았어요.

블랙아이스란 도로에 내린 눈이 녹았다가 기온이 떨어지면 얼어 버리는 도로 빙결 현상을 말한다.

내내 캡슐 안에서만 생활해서 시간의 흐름을 잘 모르고 지내지만 지금이 겨울이라는 사실은 알고 있었다. 아마도 눈이 내리고 기온이 큰 폭으로 떨어진 모양이다.

'……조치는?'

-다행히 근처에 사설 구급차가 주차하고 있었어요. 지금 병원으로 이송되는 과정인데 세 분 모두 의식을 찾지 못하고 있어요. 하필이면 상행과 하행 도로의 높이가 달라서 상대 승합차가 위에서 아래쪽으로 떨어지면서 충돌하는 바람에 에어백들도 제대로 터지지 않았어요.

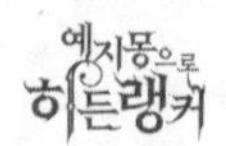

어떤 상황이었는지 알 것 같았다.

'당장 나갈게.'

어쩐지 불안했다. 예민해진 육감은 어머니의 사고를 알려주고 있었던 것이다.

캡슐에서 나온 가온은 빠르게 샤워를 하고 옷을 갈아입었다.

'택시를 불러야겠네.'

시간을 확인해 보니 11시가 넘어서 전철 막차가 간당간당했다.

-오빠, 마누를 불러요!

그러고 보니 마누가 있었다. 현실에서도 정령들을 불러낼 수 있다는 사실을 자꾸 까먹게 된다.

마누를 소환한 가온은 천안 본가로 공간 이동이 가능한지 물어봤다.

-당연히 가능해요. 이젠 저나 온 님이 가 보지 않은 곳이라도 지도만 있으면 공간 이동 할 수 있어요.

그사이에 능력이 오른 모양인데 무척이나 반가운 얘기였다.

'벼리야, 엄마는?'

-가까운 곳의 종합병원 응급실들이 꽉 차서 수소문 끝에 군산의 한꽃병원 응급실로 가셨어요.

군산에는 가 본 적이 없기도 하지만 대형 병원은 아닌지 한 번도 들어 본 적이 없는 병원이라서 좀 불안했다.

'위치를 확인해야 하니까 지도를 좀 띄워 줘.'

가온과 마누는 벼리가 홀로그램으로 띄워 주는 지도를 확인했고 그 속에서 한꽃병원을 찾을 수 있었다. 건물 자체는 크지만 병원이 전 층을 다 사용하는지는 알 수 없었다.

'가자, 마누!'

—안전하게 이동할게요!

번쩍!

어스름한 녹색의 빛무리가 폭발하듯 가온을 뒤덮는가 싶더니 이내 아무것도 남지 않았다.

"헙!"

쿵!

하필이면 병원 옥상으로 공간 이동을 한 가온은 4미터 높이의 허공이라 당황했지만 놀라운 운동 능력으로 무사히 착지했다.

가온은 착지하는 순간 발목에 약간 통증을 느꼈지만 마누와 함께 출입구 쪽으로 달려갔다.

병원은 4층으로 응급실은 1층 구석에 있었는데 생각보다 무척 작았다. 베드가 겨우 여섯 개밖에 안 되는 것이다.

가온은 이쪽에 대해서 문외한이지만 작은 응급실과 붙어 있는 베드 그리고 낡은 의료 장치들을 보고 마음이 급격히 불안해졌다.

'세 분 모두 의식을 잃었다는데 과연 이런 곳에서 치료를 할 수 있을까?'

응급실 안에는 간호사 두 명과 의사 한 명이 들어온 지 한참 된 듯한 피투성이가 되어 축 늘어진 세 중년 여인들을 처치하고 있었는데 얼굴에는 식은땀이 흥건했다.

"제기랄! 송 간호사님, 원장님은 아직도 연락이 안 돼요?"

"지시라도 받으려고 계속 연락을 하고 있는데 신호만 가고 받질 않으세요."

데스크에 앉아 있는 중년 간호사가 그렇게 대답을 하면서도 연신 핸드폰을 조작하고 있었다.

"과장님은요? 과장님이 응급 환자를 받으라고 하셨다면서요?"

"과장님도 연락이 안 돼요. 아무래도 조금 멀리에서 오고 계신 것 같은데 배터리가 방전된 것 같아요."

"미치겠네! 인턴 1년 차인 나보고 뭘 어쩌라고!"

인턴이라면 의과대학을 졸업하고 시험에 합격해서 의사 면허를 받은 의사로 과를 정하지 않은 초보 의사였다.

"구급차 기사들이 말하길 환자들을 차에서 꺼낼 때만 해도 차체의 큰 손상에 비해서 큰 외상도 없고 의식도 있었다고 했어요. 아마 과장님도 환자들이 이렇게 금방 의식을 잃을 줄은 모르고 받으라고 하신 것 같아요."

"하아! 미치겠네! 정 선생님과 박 선생님은요?"

"그분들은 퇴근하면 아예 폰을 꺼 버리잖아요. 원장님이 별일도 아닌데 하도 불러 댄다고요."

"아무래도 안 되겠어요. 뭘 어떻게 해야 할지 모르겠어요. 군산의료원과 전북대 병원으로 연락을 해 봐요."

"안 그래도 연락해 봤는데 그쪽 응급실은 꽉 차서 자리가 없대요."

"미성, 동군산은요?"

"그곳도 꽉 차서 여유가 전혀 없대요."

"그럼 서천이나 부안 쪽은요?"

"안 그래도 그쪽으로 연락해 보려고요."

잠깐 돌아가는 상황을 지켜보던 가온의 얼굴이 일그러졌다.

가온은 녹스까지 불러서 의사와 간호사 들을 잠시 재워 버리라고 부탁했다.

–왜? 엄마를 치료해야 하잖아.

'이곳 시설과 이 사람들로는 치료할 수 없을 것 같아.'

–그럼 다른 데로 가면 되지. 더 큰 도시의 병원으로 가면 되잖아.

처음에는 그럴 생각이었다. 남들의 눈에는 초능력으로 보일 녹스의 공간 이동 능력을 이용해서 말이다. 그쪽 의료진이 어떻게 반응할지는 생각도 하지 않고 말이다.

그때 부르지도 않았는데 모둔이 정령체로 현신했다.

—가온 님, 제가 어머님과 친구분들의 몸 상태를 일단 확인해 볼게요.

'어? 그, 그래 줘.'

한창 진화 중인 것으로 알고 있었던 모둔이 느닷없이 나타났기에 잠깐 당황했지만 지금 상황에서 꼭 필요한 일이기에 고개를 격렬하게 끄덕였다.

모둔은 그렇게 나타나기가 무섭게 환자의 몸 안으로 직접 들어가서 상태를 확인하고 가온의 곁으로 날아왔다.

'어때?'

모둔을 다시 만나면 어떻게 해야 할지 고민했던 것이 무색하게 그런 건 아예 생각이 나질 않았다.

—일단 외상만 보자면 중하지는 않아요. 두 분은 갈비뼈가 각각 두 대와 네 대가 부러졌고 한 분은 어깨뼈 일부가 부러졌어요. 그런데 심각한 것은 뇌진탕이에요. 세 분 모두 두개골 일부가 부서질 정도로 강한 충격을 받았어요. 뇌출혈도 있었고요.

그러고 보니 세 분 모두 머리에 피를 흘리고 있었다.

'뇌진탕?'

생각해 보니 벼리가 설명하길 위쪽 도로에서 아래쪽 도로로 승합차가 떨어졌다고 했다. 아마도 엄마가 탄 자동차의 차체 위쪽에 상대 승합차가 떨어져 세 분 다 머리에 큰 충격을 받은 것 같았다.

-그래도 다행한 건 뇌실질(腦實質)이 상하지는 않았어요.

"휴우!"

다행이다. 가온은 그제야 불안한 마음을 내려놓을 수 있었다.

뇌실질이 상했다면 의식을 되찾는다고 해도 심각한 후유증이 남을 것은 의학에 문외한인 가온도 짐작할 수 있었다.

-그래도 뇌신경에 손상을 받았고 미세 혈관들도 파열되는 등 현재 지구의 의학 수준에서 보면 굉장히 고난도의 수술이 필요해요. 한시라도 빨리 수술을 해야 해요.

시간도 문제지만 높은 수준의 뇌수술을 담당할 의사도 문제다.

'종합병원으로 가야 해!'

가온이 곧바로 마누를 불러 서울의 종합병원 응급실로 공간 이동을 하려는 순간 모둔이 의외의 말을 했다.

-더 이상 지체해서는 안 되니 어머니와 두 분을 빨리 드래곤 아공간으로 옮겨야 해요!

'드래곤 아공간?'

-네. 벼리와 두 리치가 그동안 그곳에서 치료 캡슐들을

연구해 왔거든요. 작동에 성공했다는 얘기도 들었고요.

모둔의 말에 화색이 된 가온이 바로 벼리에게 의념을 보냈다.

'그때 의료 던전에서 챙긴 치료 캡슐, 지금 사용 가능한 거야?'

-네, 오빠! 그동안 꾸준히 연구를 해서 치료 시스템과 캡슐은 당장이라도 사용할 수 있는 상태예요. 그런데 어머니와 친구분들을 이 캡슐들을 이용해서 치료하려고요? 세상에 알려지면 곤란한 거 아니에요?'

'응. 지금으로서는 그게 최선인 것 같아.'

마누의 능력을 이용해서 다시 대형 병원으로 이송할 수는 있지만 아마 난리가 날 것이다. 물론 그렇다고 하더라도 엄마와 친구분들의 상태가 좋지 않다면 무시하겠지만 모둔의 진단에 따르면 여유는 있는 것 같다.

-그럼 당장 세 분을 내가 있는 곳으로 보내요, 오빠.

가온은 세 분을 일명 드래곤 아공간으로 부르는 곳으로 전송했다. 그리고 자신도 그곳으로 건너갔다.

"오빠!"

이곳에서는 영체가 아닌 실체를 가진 벼리가 가장 먼저 그를 반겼는데 어느새 10대 후반의 성숙한 소녀의 모습이었다.

그리고 아직 실체를 갖추지 못해서 몸의 외곽선이 끊임없이 흔들리는 외관의 영체인 파넬과 알테어가 가온을 반겼다.

'이런 곳이었군.'

드래곤의 유산인 이 아공간은 백색의 거대한 원형 공간으로 문이 없는 열 개의 공간으로 분리되어 있었는데 벽이 있기는 하지만 투명해서 건너편 공간을 훤히 볼 수 있었다.

벼리와 두 리치가 있는 곳은 대형 컴퓨터로 보이는 기계장치와 캡슐들이 나란히 놓인 방이었다.

'엄청나게 크네!'

방이라고 표현은 했지만 가로와 세로 길이만 해도 100미터에 달할 정도로 어마어마하게 큰 공간이었다. 그리고 그 공간의 한쪽 부분에 나란히 놓여 있는 캡슐의 숫자는 모두 8개로 처음 발견했을 때와 달리 모두 거대한 기계장치에 연결이 되어 있었다.

"일단 치료 시스템부터 작동시킬게요."

벼리가 거대한 기계장치의 앞쪽에 있는 긴 테이블에 앉아서 뭔가 누르는 것 같더니 캡슐들의 홀로그램이 생성되었다.

"일곱 개의 캡슐은 별도로 작동하는 거 아니었어?"

"원래는 정해진 병증만 치료할 수 있는 캡슐이었는데 저희가 개조를 했습니다."

사령술사 리치답지 않게 청수한 용모에 고아한 분위기를

풍기는 알테어가 뿌듯한 얼굴로 대답했다.

"개조를 했다고?"

"네. 마지막 방에 있던 캡슐처럼 모든 병증을 검사, 분석, 치료할 수 있는 완벽한 치료 캡슐로요."

그러고 보니 방의 한 면에는 인공지능 컴퓨터의 역할을 하는 거대한 기계장치가 있었지만 나머지 삼면에는 수없이 많은 서랍이 달린 거대한 약장들로 벽면이 보이지 않을 정도로 빼곡하게 채워져 있었다.

가온은 일단 엄마와 친구분들을 열려 있는 캡슐 안으로 옮겼다.

"치료는 어떤 방식으로 이루어지는 거야?"

"현재까지 저희가 연구한 바로는 기계를 작동시키고 캡슐에 환자가 들어가면 연결된 기계장치의 인공지능이 알아서 작동하고 초분자봇을 이용해서 증세를 진단한 후 치료하는 방식이에요."

"초분자봇이라고?"

그렇게 묻는 순간 캡슐에서 소리가 나더니 이내 회색의 안개로 가득 차 버렸다. 스스로 작동을 시작한 것이다.

"저 연기처럼 보이는 것이 초분자봇입니다. 진단과 치료를 동시에 해낸다고 합니다."

캡슐 안에 들어간 세 사람의 모습이 홀로그램 영상으로 떠 있는 거대한 테이블 앞에 앉아서 엄청난 숫자의 버튼을 연신

누르고 있는 벼리를 대신해서 대답하는 파넬의 눈은 초롱초롱하게 빛나고 있었다. 그 역시 초분자봇이 실제로 작동하는 것은 처음 보는 것 같았다.

"초분자봇의 크기가 대체 얼마나 작은 거야?"

심안 스킬로 캡슐을 가득 채운 안개를 살펴보자 다양한 모양을 하고 있는 미세한 물체들이 세 사람의 몸에 달라붙더니 그중 일부가 호흡 과정에서 세 사람의 몸 안으로 들어가고 있었다.

"지구의 단위를 기준으로 하면 5피코미터에 해당하니 1조분의 5미터입니다."

뜨헉!

도저히 상상이 안 갈 정도로 작은 크기다. 가온이 알고 있는 가장 작은 단위는 반도체에서 흔히 쓰이는 나노, 즉 10억분의 1미터였다. 그런데 1조분의 1이라니. 어지간한 분자보다 작은 것이다.

그렇게 작은 초분자봇들은 캡슐 내벽에서 안개처럼 분사되는 다양한 약재를 이용해서 외상부터 시작해서 육체 내부의 상처와 질병까지 치료하고 있었다.

"일반적인 바이러스의 크기가 100나노미터 정도이기 때문에 초분자봇들은 아주 효과적으로 바이러스에 침투해서 사멸시킬 수도 있습니다. 또한 서로 결합해서 크기를 키울 수 있는 초분자봇들은 메스 등 다양한 형태로 바뀔 수 있으며 세포 단위를 사멸시킬 수 있는 화학무기를 탑재할 수도 있거든요."

너무 놀랍기도 하고 몸에 달라붙은 초분자봇들 때문에 치료 여부를 확인할 수 없어서 파넬의 설명은 귀에 들어오지도 않았다.

초조한 마음으로 기다린 지 대략 10분 정도가 지났을 때 캡슐 내부를 가득 채우고 있었던 회색 안개가 사라졌다.

"서, 설마 치료가 끝난 거야?"

겨우 10여 분밖에 안 지난 것으로 보아서 치료가 끝난 게 아닌 것 같아서 초조한 마음이 극에 이르렀다.

"맞아요, 오빠! 치료는 끝났어요!"

벼리의 말에 엄마가 들어가 있는 캡슐로 달려간 가온은 멀쩡한 엄마의 모습을 확인할 수 있었다.

'어, 어떻게?'

두개골 일부가 깨지고 피가 흘러나와 머리카락은 물론 얼굴과 목 그리고 옷까지 젖어 있었던 엄마의 모습이 마치 놀러 가기 직전처럼 멀쩡한 모습으로 변해 있었다. 창백했던 얼굴도 어느새 살짝 홍조가 감돌고 있었다.

다른 두 분도 마찬가지였다.

"설마 골절도 치료가 된 거야?"

가온은 세 사람의 홀로그램이 떠 있는 거대한 테이블 앞에 앉아서 수없이 많은 버튼이 붙어 있는 판 위에 두 손을 올리고 있는 벼리에게 물었다.

두 분은 갈비뼈가 부러졌고 한 분은 어깨뼈가 으스러졌다고 했는데 누워 있는 얼굴을 보면 너무나 멀쩡했다.

“네. 저희도 이 시설들이나 캡슐들에 대해서 알아낸 것은 30%도 되지 않지만 현재 어머니의 상태는 완전히 정상이에요. 아니, 병으로 발전하기 직전이었던 여러 가지 지병까지 말끔하게 치료가 되어서 이전보다 더 건강해졌어요.”

거대한 기계장치의 앞에 놓인 긴 테이블 위에는 세 사람의 홀로그램이 떠 있었는데 몸의 각 부분에는 알 수 없는 문자지만 푸른색으로 빛나고 있었다.

‘그러고 보니 아까 치료를 시작할 때는 군데군데 문자들이 붉은색이었어!’

그렇다면 치료가 된 것이 맞았다.

‘골절상도 그렇지만 대형 병원의 전문의들이 집도해야 할 정도로 정교하고 어려운 수술을 단 10분 만에 끝낸 것도 모자라서 사고당하기 이전의 상태로 복원시킬 정도의 치료 능력이라고!’

이건 혁명이다! 알려지면 의료계는 물론이고 세상 전체가 발칵 뒤집힐!

“정말 캡슐을 이용한 치료의 결과가 놀랍군! 부러졌던 뼈가 이렇게나 완벽하게 붙을 줄은 몰랐어! 심지어 부서진 두

개골 부위에는 머리카락까지 다시 자라서 말끔해졌어!"

파넬과 알테어도 감격한 얼굴로 치료된 세 사람의 상태를 살펴보고 있었다. 그간의 연구를 통해 캡슐의 능력은 확신했지만 실험을 해 보지 못했기 때문이다.

"그래도 아쉽네. 가성비가 너무 나빠. 어떤 질병이건 치료를 하려면 다양한 약재는 물론 상급 마정석 네 개가 필요하니."

캡슐의 가치를 알아본 가온은 극도로 흥분해서 세상에 공개했을 때의 상황을 그려 보다가 알테어의 말에 얼음을 뒤집어쓴 것 같았다.

'상급 마정석의 가치는 탄 차원 기준으로 대략 500골드다. 1골드가 대략 50만 원 정도인 것을 고려하면 무려 2억 5천만 원이고 네 개면 10억이야!'

자신이야 보유하고 있는 마정석이 워낙 많아서 신경을 쓰지 않았던 가온은 어떤 질병이건 치료하려면 10억이 필요하다는 생각에 흥분이 급격히 식었다.

'이건 나만 사용해야겠네.'

정말 대단한 치료 캡슐이지만 도저히 세상에 내놓을 수 있는 물건이 아니었다. 물론 그럼에도 불구하고 돈이 넘쳐 나는 이들은 사용하려고 하겠지만 말이다.

그래도 초분자봇은 욕심이 났다. 이용할 분야가 무궁무진할 것 같았다.

가온이 막 초분자봇에 대해서 질문을 하려고 했을 때 벼리가 뇌파로 짐작되는 부분을 살펴보더니 급하게 소리쳤다.

“오빠, 세 분이 깨려는 것 같아요!”

급했다. 지금 깨어나면 이 상황을 설명할 재주가 없었기 때문이다.

가온은 급하게 현실로 돌아간 후 세 분을 차례로 꺼내어 응급실 베드에 눕혔다.

‘녹스, 의료진을 당장 깨워!’

이제 자신이 할 일은 끝났다.

가온은 부스스한 얼굴로 눈을 뜨는 의료진의 모습을 보면서 녹스의 도움으로 자신의 집으로 공간 이동 했다.

마누의 도움으로 집으로 귀환한 지 얼마 후에 엄마와 통화가 되었는데 엄마는 흥분해서 교통사고를 당한 일과 병원 응급실에서 깨어났는데, 마치 잠깐 잠들었다가 일어난 것처럼 가벼운 몸이었다는 이야기를 한참이나 늘어놓았다.

–온아, 넌 엄마 말 믿지? 응급실 의사와 간호사들도 안 믿더라니까. 우리가 구급차에 실려 올 때는 피투성이였다고. 그런데 그랬다면 뭔가 흔적이 남아야 하는데 옷도 깨끗하고 꼭 귀신에 홀린 것 같다고 하더라니까.

가온은 직접 보지 않아도 병원에서 어떤 일이 벌어졌는지 알 것 같았다. 인턴 의사나 간호사들도 그렇겠지만 엄마와 두 친구분들도 마치 꿈을 꾼 것 같았을 것이다.

"폐차를 해야 할 정도로 차체가 완전히 납작해지는 큰 사고가 났는데도 세 분 다 멀쩡했다니 믿기지가 않네요."

—하아! 내가 생각해도 말이 안 되기는 한데 이건 실제로 일어난 일이라고. 이건 정말 기적이야!

말 그대로 스스로가 생각해도 이상한 일이라고 생각하는 것 같았다.

"알았어요. 믿을게요."

—아무튼 다들 자율 주행을 하는데 그 아저씨는 무슨 생각으로 수동으로 운전을 했는지 모르겠다니까. 하마터면 엄마와 친구들이 죽을 뻔했다고!

"다치지 않으셨으니 다행이에요. 집에는 어떻게 가시기로 하셨어요?"

자동차는 폐차를 걱정해야 할 정도로 파손되었지만 상대 과실이 100%라서 보험사에서 곧 대차를 해 준다고 했다.

—네 아빠가 오기로 했어.

다행이다. 여차하면 자신이 가려고 했지만 차가 없어서 좀 곤란했을 것이다.

"예전보다 더 자주 눈이 내리고 한번 내리면 폭설이 되는 경우가 많으니까 앞으로는 현실 여행 대신 가상현실에서 여행을 다니세요."

—으응. 안 그래도 이번 사고로 느낀 것이 많아. 이번에는 운이 좋아서

이렇게 멀쩡하게 깨어났지만 크게 다치기라도 했다면 엄마가 많이 힘들었을 것 같아. 사실 사고가 났다고 인식하고 의식이 끊긴 그 짧은 시간에 정말 주마등이 어떤 것인지 경험했거든. 후회 없이 살려고 해.

"응원할게요."

—그래 줘, 아들. 아들이 이렇게 다 컸기에 엄마도, 아빠도 새로운 삶을 꿈꿀 수 있게 된 거야. 그래서 항상 고맙게 생각하고. 아빠한테 전화 들어온다! 이제 끊어!

통화를 끝낸 가온은 길게 안도의 숨을 내쉬었다.

'벼리야, 정말 고마워!'

이 모든 것이 벼리 덕분이다.

아무리 예지몽을 꾸었더라도 자신의 주장대로 강인공지능을 초월하는 존재인 벼리를 만나지 않았다면 이런 상황까지 만들어 내지 못했을 것이다.

—오빠는 부끄럽게…….

칭찬에 약한 자신을 닮았는지 민망해하는 벼리의 의념이 전해졌다.

'참 그런데 치료 캡슐로 어느 질병까지 치료할 수 있는 거야?'

—저희가 아직 자료를 다 파악한 건 아니지만 암까지 치료가 가능할 것 같아요.

'정말?'

—네. 초분자봇이 줄기세포를 포함한 암세포를 완벽하게

파괴할 수 있어요. 장기가 완전히 손상된 경우라도 줄기세포를 배양해서 해당 장기를 재생할 수 있고요.

벼리의 대답에 입이 떡 벌어졌다.

분신비결

'정말 모든 암을 치료할 수 있다고?'

암을 정복하려는 인류의 노력은 아주 오랫동안 지속되어 왔다.

그런 노력 덕분에 수술이나 항암치료 등 다양한 치료법은 물론 치료약까지 속속 개발이 되어 치료율이 높아지고 있기는 하지만 인류는 암을 완전히 정복하지는 못했다.

현대 의학의 수준이 이 정도인데 이계의 고대 문명은 암을 완전히 치료할 수 있는 치료 캡슐을 만들어 냈으니 기가 막힐 수밖에 없었다.

'이 정도 수준의 문명을 가지고 대체 왜 멸망을 한 거지?'

한 문명이 의료 수준만 뛰어날 리가 없으니 다른 분야의 수준도 비슷할 거라고 생각하니 더욱 이해가 가질 않았다.

'어쩌면 마법이나 신성 치료 때문에 이런 의료 기술이 사장되었을지도.'

문득 떠올린 생각이지만 가온은 그럴 가능성이 높다고 생각했다. 치료 캡슐을 한번 작동하는 데 상급 마정석 네 개가 소모된다는 점을 고려하면 고대에도 일반 대중은 높은 의료 수준의 수혜를 못 받았을 가능성이 높았다.

아무리 상급 마정석이 충전이 가능하다고 해도 시간이 적지 않게 걸리는 만큼 굉장히 높은 비용 부담이 발생하는 것이다.

'재물이나 권력을 가진 극소수만이 이런 문명의 수혜를 누렸다면 말이 되긴 하지.'

가온은 그 점이 너무 안타까웠다.

지구도 비슷한 상황이다. 암을 비롯한 많은 질병의 치료제들이 속속 개발되고 있지만 제약사는 막대한 연구 개발비를 핑계로 수천, 수만 달러에 달하는 가격을 고수하고 병원들 또한 최첨단 의료 장비를 이유로 엄청난 치료비를 요구하기 때문에 가난한 이들은 그 혜택을 누리지 못하고 있었다.

그나마 의료보험이 어느 정도 보조해주기는 하지만 암 치료는 보통 가정에 큰 재정적인 부담을 주고 있다.

—주인님.

'왜?'

가온은 알테어의 의념에 상념에서 깨어났다.

-잘하면 일반인들도 이 치료 캡슐을 사용할 수 있는 방법이 있을 것 같습니다.

'어떤 방법인데?'

-저희 셋이 연구를 해 봤는데 이 치료 시설을 작동하는 데 필요한 에너지 효율이 극도로 좋지 않습니다.

그건 당연하다. 가벼운 타박상을 치료할 경우에도, 암을 치료하는 데도 동일하게 상급 마정석 네 개가 필요하니 말이다. 무엇보다 현대의 슈퍼컴과 같은 거대 장치를 작동시키는 데 엄청난 에너지가 필요한 것이다.

'그래서?'

-미세마법진과 미세마정석을 이용한 슈퍼컴을 이용하면 에너지 효율이 극대화될 수 있을 것 같습니다.

'자세히!'

-슈퍼컴만 한정한다면 지구의 것이 카타우리 문명의 산물보다 훨씬 더 수준이 높습니다. 그런데 파넬이 고대 카타우리 언어를 해석하는 과정에서 지구의 문명이기(文明利器)에 반드시 필요한 반도체를 미세마법진으로 대체할 수 있다는 사실을 발견했습니다.

'미세마법진이라고?'

마법을 제대로 공부해 본 적이 없어서 그런지 그런 용어는 들어 본 적이 없었다.

-그건 제가 설명드리겠습니다.

파넬이었다.

-제가 살던 세상에 마법학자가 따로 있는 이유는 바로 마법진 때문입니다. 그리고 미세마법진만 따로 연구하는 학파도 있을 정도로 마법진 연구가 활성화되었지요. 보통 지구의 단위로 가로세로 1센티미터 이하 크기의 마법진을 미세마법진이라고 부르는데 주로 소형 마도구에 많이 사용됩니다. 물론 구동원은 마세마정석이고요.

미세마정석이라면 수를 헤아릴 수 없이 많이 가지고 있다.

'계속해 봐.'

-지구의 반도체는 어떤 특별한 조건하에서만 전기가 통하는 물질입니다.

그건 가온도 알고 있는 상식이다.

-마세마법진 역시 마나가 활성화될 때만 반응하기 때문에 반도체와 동일한 기능을 합니다. 저도 벼리와 토론을 하면서 이 사실을 알고 크게 놀랐습니다.

가온은 그동안 마법이라고 하면 물질을 초월하는 어떤 현상이라고 이해해 왔는데 파넬의 말을 듣고 새롭게 느끼는 바가 많았다.

'거기까지는 이해하겠지만 그 정도 크기로는 반도체를 대체하기 힘들 텐데.'

-아닙니다. 정보처리에 있어서 미세마법진은 반도체의

수천, 수만 배에 해당할 정도로 큰 효율을 가지고 있습니다. 크기 또한 얼마든지 줄일 수 있고요. 그래서 미세마법진을 사용해서 슈퍼컴과 유사한 장치를 만든다면 크기가 크게 줄어듭니다. 무엇보다 지구의 슈퍼컴을 작동시키려면 엄청난 전기 에너지가 필요하지만 슈퍼컴을 개조하고 미세마정석을 구동원으로 하면 에너지 효율이 대폭 상승할 것 같습니다.

이건 또 무슨 소리인가?

'셋이 슈퍼컴을 개조할 수 있다고?'

–아니, 그건 벼리만이 할 수 있는 것이고 파넬과 저는 전기회로 대신 미세한 마법회로로 대체하는 작업을 맡을 겁니다. 파넬의 번역 작업이 마무리가 되어야 확실하게 알 수 있지만 지구의 반도체에 해당하는 미세 마법진을 사용하는 쪽으로 방향을 잡고 있습니다.

이번에는 알테어가 대답했는데 그것이 어떻게 가능한지는 여전히 알 수 없지만 성공한다면 실로 대단한 일이 될 것이다.

'좋아! 재료는 얼마든 구해 줄 테니까 셋이 그 일을 맡아 봐.'

그렇게 개조한 슈퍼컴과 치료 캡슐을 어떻게 사용할 것인지에 대한 생각은 전혀 하지 않았지만 가온은 무척 가치 있는 일이라고 생각했다.

–그럼 주인님이 가지고 있는 아공간의 모든 물건을 사용

해도 될까요?

'물론이지. 알테어가 말한 작업이 아니더라도 필요한 것이 있으면 뭐든 사용해도 돼.'

이미 막대한 재화를 가지고 있는 가온은 돈이나 재물에 큰 흥미가 없었기에 아까울 것은 전혀 없었다.

-감사합니다! 최선을 다해서 만들어 보겠습니다.

알테어와의 의념대화를 끝낸 가온은 셋의 시도가 성공할 것임을 확신하고 있었다. 셋의 능력을 그만큼 믿는 것이다.

'만약 셋의 시도가 성공한다면 어떻게 해야 할까?'

문제는 치료 캡슐의 에너지 효율이 높아진다고 해서 현실에서 곧바로 사용하는 것이 불가능하다는 점이다.

어떤 질병이든 치료할 수 있는 만능 캡슐은 의학계의 혁명이나 다름없다. 다만 그렇게 되면 의사나 간호사의 존재 가치가 대폭 떨어질 것이며 기존의 의학 체계를 한순간에 부수는 거대한 해일이 될 것이다.

'아주 난리가 나겠지.'

간호사 쪽은 어떨지 모르겠지만 의사 쪽은 사회에서도 막강한 권력을 휘두르는 이권 단체다.

설사 의사나 간호사 문제가 해결된다고 해도 해당 분야의 기업들이 반발할 것이다. 기존에 제약과 의료 부분에서 막대한 부를 챙기고 영향력을 행사하던 글로벌 회사들이 가만히 있을 리가 없다.

그들은 10여 년 전에 있었던 전 세계적인 전염병 사태를 계기로 그 어떤 기업들보다 폭발적으로 성장을 했고 막대한 자금은 물론 강력한 영향력까지 가지게 되었다.

'아니, 내가 직접 나설 수 없다는 것이 가장 큰 문제지.'

자신이 제약 및 의료 분야에서 일하는 사람도 아니기 때문에 치료 캡슐을 대중화시킬 능력이 아예 없었다.

'정말 분신이 있었으면 좋겠다!'

분신이나 영혼의 복제와 관계된 여러 아이템을 얻고 가끔 시간이 날 때 갓상점에 접속해서 분신에 대한 스킬들을 검색해 봤는데 가격이 만만치가 않았다. 최소한이 1억 명예 포인트였으니 말이다.

'그나마 양신을 배양하는 천지심법이 가장 저렴해서 1억 포인트였지.'

양신은 중단전에 축적한 에너지 집약체에 자신의 영혼 일부를 집어넣어서 만드는 분신이다.

분신, 즉 본체와 별개인 육체를 생성하는 것도 가능하고 영혼이 동일하기 때문에 실시간으로 분신의 행동을 관찰하거나 제어할 수도 있었다.

그런데 가온에게 용건이 남은 건 알테어만이 아니었다.

–오빠, 할 말이 있어요.

'뭔데?'

–인간에 대해서 공부를 하다 보니 인간은 어떤 목적을 세

우고 매진하는 삶이 가치가 있다고 생각하더라고요. 오빠의 꿈은 뭐예요?

벼리의 질문에 가온은 바로 대답을 할 수가 없었다.

'내 꿈이 뭐지?'

예지몽을 꾸기 전은 아예 무시하고 그 이후만 생각하면 예지몽 속의 삶을 살지 않는 것일 터다.

'그럼 지금은?'

열심히 차원 의뢰를 해결해서 동화의 인을 구입할 정도의 명예 포인트를 버는 것일까? 그런 것도 같고 아닌 것도 같다.

–아니, 질문을 좀 바꿀게요. 오빠는 지금 행복해요?

가온이 행복하다고 느낄 것들은 많았다. 그 어떤 질시나 무시도 받지 않을 정도의 절대적인 무력을 가지는 것도 있을 테고, 여인들과의 뜨거운 사랑도 있을 것이며 예지몽에서는 헤어졌던 부모님이 순탄하고 만족하는 삶을 사는 것 등 말이다.

물론 그중 일부는 이미 이루었다. 나중에 변수가 생길지는 모르겠지만 말이다.

'행복한 것 같아.'

늦게서야 가온이 대답을 했다. 첫 번째로 꾼 예지몽 속의 삶과 비교하면 눈물이 나올 정도로 행복하고 만족한다.

–오빠의 능력으로 더 많은 사람을 행복하게 만들 수 있는

일이 있어요.

'어떤 일?'

—병으로 죽어 가는 많은 사람들을 살리는 거요.

'내가?'

—치료 캡슐이 있잖아요.

그렇게 위험한 상태였던 엄마와 친구분들을 그렇게 빨리 치료한 캡슐이라면 사고나 병으로 원치 않게 죽어 가는 수많은 사람들을 구할 수 있기는 할 것이다.

'하지만 그것을 어떻게 쓰려고?'

—처음부터 사용할 수는 없죠. 연구할 것들도 많이 남아 있고요. 하지만 체력 포션이나 활력 포션만 해도 사람들에게 큰 도움이 될걸요.

벼리의 의념을 들으니 체력 포션을 복용하고 몇 년은 젊어진 것처럼 활기에 차서 뜨거운 밤을 보내신 부모님의 모습이 떠올랐다.

—기력이 쇠약해진 사람들에게 체력 포션을 복용시키거나 수술 직후의 병자들에게 활력 포션을 사용한다고 생각해 봐요.

그야 당연히 부모님처럼 심신이 지친 사람들은 자신들도 모르게 쌓인 피로를 풀 수 있어 건강해질 것이고 수술을 받은 환자들의 경우 회복에 걸리는 시간이 비약적으로 단축될 것이다.

—우리가 연구를 하다 보니 굳이 오빠의 아공간을 이용하지 않아도 이계의 포션과 같은 물건을 지구에서도 만들 수 있을 것 같아요.

'정말?'

—네. 트롤의 피 등 이계 고유의 재료가 필수적인 치료 포션은 힘들겠지만 체력 포션이나 활력 포션은 지구에 있는 재료로 충분히 만들 수 있어요. 물론 효능은 좀 떨어지겠지만요.

이건 가온도 갤을 만났을 때 고려했었던 사안이다.

'락타가 개발한 활력 포션도 어나더 문두스를 통해서 포션이라는 개념과 효과는 이미 어나더 문두스를 통해서 수많은 사람들에게 알려졌기에 그렇게 많이 팔린 거지.'

그렇게 많이 팔릴 것이 확실하니 먼저 개발해서 출시만 한다면 탐욕스러운 락타처럼 폭리를 취하지 않고도 사람들의 감사를 받으면서 엄청난 부를 챙길 수 있었다.

그만큼 활력 포션의 효과는 대단했다. 병을 앓고 난 직후의 환자들에게도 큰 도움이 되지만 스트레스가 심한 현대인들에게는 정서적인 안정과 함께 질 좋은 수면까지 제공할 수 있을 것이다.

가벼운 병증은 마시는 것만으로 완화 혹은 치료할 수 있는 활력 포션의 개발은 자신이나 환자들에게만 좋은 일이 아니다.

글로벌 제약사들이 막대한 연구개발비를 빌미로 약 가격을 너무 과도하게 책정하는 바람에 과중한 의료비에 짓눌리는 대부분의 국가와 개인에게는 더할 수 없이 반가운 소식이 될 것이다.

특히 의료보험 재정이 적자로 돌아선 지 오래인 한국을 비롯한 선진국들에게는 순식간에 의료보험 재정은 물론 국가 재정까지 흑자로 바꿀 수 있는 절호의 기회가 될 것이다.

아마 그렇게 절약한 예산의 일부만 다른 복지 예산으로 돌려도 국민의 삶의 질은 크게 높아질 것이다.

'어때요?'

-꼭 하고 싶은 일이네.

이건 단순히 강해지고자 하는 개인의 소망과는 달랐다. 자신은 물론 수많은 사람에게 도움이 될 수 있는 일이었다.

물론 제약사를 세우고 포션을 생산하는 그 모든 과정을 현실의 법과 절차에 맞추어서 진행해야 하기 때문에 단기간에 이뤄질 수는 없지만 그럼에도 불구하고 한평생 매진할 가치가 충분한 일이었다.

하지만 그렇다고 어나더 문두스를 플레이하는 것도 포기할 수는 없었다.

그것 또한 전체 지구인들을 위해서 꼭 필요한 일이라고 생각했다.

새로운 꿈이 생겼다.

'하지만 어나더 문두스도 계속하고 싶은데…….'

어느 것도 포기하고 싶지 않았다.

'이렇게 되면 반드시 분신을 만들어야겠네.'

자연스럽게 결론이 나왔다.

-호호호. 오빠가 금방 알아들을 줄 알았다니까. 너무 안타까워서 그래요. 이 치료 캡슐을 이용하는 문제도 그렇지만 다른 플레이어들과 달리 영혼과 연결된 아공간을 통해서 이계의 물건을 지구에서도 유일하게 사용할 수 있는 오빠라면 정말 많은 사람들을 행복하게 만들 수 있지 않을까요?

'그렇기는 한데…….'

최근까지 가온의 목표는 동화의 인을 구입하는 데 필요한 3억 명예 포인트를 모으는 것이다.

그리고 그동안의 노력을 통해 절반에 좀 미치는 포인트를 모으기도 했다.

-저희들이 그동안 쭉 고민을 해 봤는데 해결책이 있어요.

'정말? 뭔데?'

-영혼 복제와 관련된 스킬만 구입해서 익히면 돼요.

'분신과 관련된 스킬이 아니라?'

가온도 분신에 관심이 없지 않았다. 분신이 있으면 좀 더 많은 일을 할 수 있기 때문이었다. 그래서 시간이 날 때 간간이 갓상점에서 관련된 스킬을 찾아본 적이 있었다.

하지만 분신과 관련된 스킬은 가격이 너무 비쌌다. 가장 가격대가 낮은 스킬이라도 최소 1억 명예 포인트였다. 그래서 구매를 포기할 수밖에 없었다.

–3천만 포인트만 투자하면 돼요.

'그거면 된다고?'

–네. 일단 복제만 하면 오빠가 가진 아이템을 이용해서 영혼을 안정화시키면 돼요.

그런 아이템이 있기는 했다. 이전에 수행했던 의뢰 중에 초원의 갈기족에게서 얻은 신물이 영혼을 완전하게 만드는 능력을 가지고 있었다.

'잘 이해가 안 되는데.'

가온의 생각으로 분신과 영혼의 복제는 관련이 없는 것은 아니지만 다른 문제였다.

–일단 이해하셔야 하는 것이 있어요. 현재 오빠의 아바타는 단순한 데이터의 모음이 아니에요.

'그건 나도 알고 있어.'

탄 차원의 신들이 권능을 이용해서 만든 아바타다.

–그러니까 영혼만 복제해서 아바타에 깃들게만 하면 돼요.

그때 갑자기 붉은 갈기족 족장이었던 와순이 한 말이 머릿속에 떠올랐다.

"……분신과 본신의 구별이 없는, 동시에 열 곳에 존재할 수 있으며 각기 다른 능력을 발휘하는 것도 가능하다고 했습니다. 또한 합체를 할 경우 각기 다른 삶을 살면서 깨달은 모든 것이 하나가 되어 새로운 경지로 나아갈 수 있다고 했습니다."

또한 신물에 피를 뿌리면 진정한 주인인지 알 수 있는데 갈기족에서는 지금까지 주인이 나타나지 않았다고도 했다.

가온은 벼리의 이어지는 말에 전혀 집중을 하지 못하고 서둘러 아공간에서 아홉 개의 옥 조각, 즉 옥편(玉片)으로 이루어진 고풍스러운 손거울을 꺼냈다. 그리고 손가락 끝에 상처를 내어 손거울 위에 피를 떨어뜨렸다.

가온의 피를 머금은 옥거울의 한 조각이 돌연 빛을 뿜어냈다.

'변화가 있는 것이 좋은 징조일까?'

기대를 하고 손거울의 변화를 지켜보던 가온은 갑자기 극렬한 두통을 느끼고 그 자리에 풀썩 쓰러졌다.

—오빠!

—온 님!

—가온!

—주인님!

자신을 부르는 벼리를 비롯한 동반자들의 의념에 의식을 잃어 가던 가온은 겨우 정신을 차렸다.

그런데 그때 머릿속에 어떤 지식이 스며들었다. 마치 스킬북이니 매직북의 내용이 머리와 몸에 새겨지는 것처럼 자연스럽게 말이다.

지식의 이전이 끝나는 순간 가온은 여전히 지속되고 있는 극렬한 두통 속에서도 한 가지 사실을 알 수 있었다.

'영력을 이용해서 영혼을 복제할 수 있고 분신을 만들 수도 있어!'

가온은 뜻밖의 사실에 놀라는 한편 환호할 수밖에 없었다. 옥거울을 구성하는 옥편들과 손잡이에는 최대 열 개의 분신을 만들 수 있는 '분신비결'의 내용이 나뉘어 있는 것이다.

분신비결은 영력을 이용해서 영혼을 복제하거나 분신을 만들 수 있는 일종의 스킬로 영력을 쌓을 수 있는 수련법은 물론 분신을 제대로 성장시킬 수 있는 내용까지 포함하고 있었다.

이렇게 되면 3천만 포인트를 들여서 영혼 복제와 관계가 있는 스킬을 구입하지 않아도 된다.

'분신술 역시 선와술과 비슷한 계열의 스킬이야.'

아니, 영력을 사용한다는 점에서 보면 스킬이라기보다는 다른 이름으로 불러야 할 것 같았다. 가온은 순간적으로 떠

오르는 생각대로 앞으로 이 두 가지 술법을 선술로 부르기로 했다.

'등급도 병(丙)이었지.'

분신술의 등급은 정(丁)급인 선와술보다 더 높았다.

아쉬운 것은 분신의 능력이 본신의 7할에 불과하며 분신을 유지하기 위해서는 시간당 영력이 1만이 소모된다는 사실이다. 즉 잠시 분신을 사용할 수 있을 뿐 독립적인 존재로 활용할 수는 없었다.

'하지만 효용 가치는 엄청나지!'

영력의 소모는 있지만 본신의 능력 대비 7할에 달하는 분신 열 기를 사용할 수 있다면 전투력이 얼마나 높아지는 것인지 추정이 불가능할 정도였다. 본신들 역시 오러블레이드를 사용할 수 있을 테니 말이다.

이건 비단 3천만 포인트를 아낄 수 있는 것은 물론 궁극적으로 열 개의 분신을 활용할 수 있는 엄청난 선술이다.

하지만 지금 가온이 필요한 것은 분신이 아니라 영혼을 복제하는 것이다. 이미 아바타는 있으니 말이다.

'문제는 영력이야!'

분신을 활용하는 데 영력이 소모되기는 하지만 휴식을 통해서 다시 회복이 되는 데 반해서 영혼을 복제하려면 50만이나 되는 영력을 소모해야만 했다.

현재 가온이 보유한 영력은 겨우 96만이다. 즉, 영혼을 복

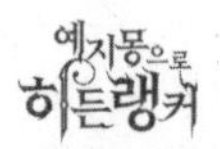

제하고 나면 영력이 절반 아래로 줄어 버린다. 선와술을 유용하게 사용하고 있는 가온에게는 무척 아쉬운 일이다.

'더구나 선와술의 효용을 알게 되었으니 영력은 더욱 포기할 수가 없지.'

어떻게든 영력을 비약적으로 높일 수 있는 방법을 찾아야만 했다.

"아!"

그러고 보니 뱀파이어 퀸을 죽인 후에 영석을 얻었다.

가온은 바로 그 영석을 꺼내 흡정장갑을 이용해서 영력을 흡수했다.

쇄아아아!

영력은 마치 해일처럼 몸 안으로 들어왔는데 더운 여름날 폭포수를 맞은 것처럼 온몸이 서늘해졌지만 특히 머리 부위가 너무나 맑고 상쾌해졌다.

가온은 영력의 유입이 끊기고 영석이 미세한 가루로 변해 사라지고 난 후 상태창을 확인해 봤다.

'호오!'

무려 22만이나 되는 영력이 증가했다.

'그러고 보니 마족 뢰벨르를 소멸시킨 후 영력이 크게 늘어났어!'

3만 정도에 불과했던 영력이 30만이 되었던 사실을 기억해 낸 가온은 뱀파이어 퀸 역시 마정석은 물론 영석까지 남긴 것을 생각하고 한 가지 결심을 했다.

'이렇게 되면 앞으로는 적극적으로 마족을 사냥해야겠네!'

선와술은 물론 분신비결과 같은 일종의 술법을 사용하려면 영력은 필수적이다. 그렇다고 영석을 마구잡이로 구입해서 영력을 높이는 것은 여러 이유로 포인트를 모아야 하는 가온에게는 꺼려지는 선택이니 마족들을 사냥하는 것이 가장 효과적이었다.

'일단 영혼복제술부터!'

영혼 복제는 간단하다. 선술의 매개가 되는 옥거울을 들고 의지를 품는 것으로 영혼을 복제해서 옥거울 안에 봉인할 수 있었다.

'가만! 벼리야!'

영혼복제술을 펼치려던 가온이 벼리를 불렀다.

―왜요, 오빠?

'복제한 영혼을 아바타에 어떻게 사용하지? 아바타의 육체에서 내 영혼이 빠져나온 상태일 거 아니야?'

탄 차원의 아바타에 사용하면 될 것 같은데 현재 안전텐트에 누워 있을 아바타는 현재 어떤 상황인지 갑자기 궁금해졌다.

―바로 접속해서 아니테라로 이동해요.

'그리고?'

―그곳에서 접속을 끊은 후 현실에서 오빠가 영혼을 복제

해서 옥거울에 봉인하면 제가 아니테라로 건너가서 아바타에 안착시킬게요.

'그게 가능하겠어?'

—오빠가 아는 건 저도 안다고요. 분신비결의 술법은 저 역시 익힌 것이나 마찬가지예요. 그리고 제 영체는 오빠에게 귀속된 상태라서 오빠의 복제된 영혼을 충분히 인도할 수 있어요.

사실 가온은 분신비결에 영혼복제술이 들어 있는 이유는 영체화가 필요한 상황을 대비해서라고 추측하고 있었다.

영체는 거리에 지장을 받지 않고 원하는 어디든 바로 갈 수 있는 존재다. 즉, 유령과 비슷한 영체를 만들어서 영체만이 가능한 일, 즉 천 리 밖으로 미리 가 본다든가 하는 초능력을 발휘하기 위해서다.

본래 그런 초능력은 영혼이 육체를 빠져나와야만 펼칠 수 있는 술법인데 분신비결을 만든 이는 행여 유체 이탈이 된 상태의 육체가 뜻하지 않은 사고를 당할까 봐 아예 영혼을 복제해서 영체로만 펼칠 수 있는 능력을 쓸 수 있도록 한 것이다.

'오케이! 알았어. 당장 시작하자.'

가온은 벼리가 말한 대로 일단 어나더 문두스에 접속부터 한 후 안전텐트 안에서 깨어났다.

대충 정리를 한 가온은 곧바로 아니테라로 넘어갔는데 이번에는 사람들이 전혀 없는 미개발지로 향했다.

'여기라면 되겠지.'

아니테라 거주민들이 이곳까지 오려면 걸어서 사나흘은 걸려야 할 테니 방해할 사람은 없을 것이다.

그곳에서 로그아웃을 한 가온 캡슐에 누운 상태로 옥거울을 손에 쥐고 분신비결의 영혼복제술을 펼쳤다.

간질간질한 감각이 잠시 느껴지더니 어느 순간 기묘한 감각을 느낄 수 있었다.

'내가 둘?'

분명히 자신은 하나임에도 불구하고 마치 둘인 것처럼 느껴졌는데 기묘하게도 한쪽은 마치 엄마의 자궁에 들어 있는 아기처럼 포근하고 따듯하며 안락한 곳에 있는 것 같았다.

'아! 영혼이 복제되었구나!'

복제된 영혼은 옥거울의 손잡이 부분에 봉인되어 있었다.

–성공이야! 영혼이 복제되었어!

–대단한 수법입니다!

–고대의 사령술에도 영혼을 복제하는 스킬이 있다고는 들었지만 이렇게 간단하게 성공하다니!

영체 상태로 나타난 벼리와 파넬 그리고 알테어가 놀라고 감탄해서 손거울 주위에서 떠들었다.

–복제되기는 했지만 영혼이 완전한 상태는 아닌 것 같아요.

'백일 정도는 옥거울 안에 두어야만 할 것 같아.'

옥거울을 통해 전이된 분신비결의 내용에 따르면 복제된 영혼을 완전하게 만드는데 그 정도의 시간이 걸린다고 했다.

-그럼 시간 가속을 시키면 되겠네요. 한 30배 정도요.

벼리의 말에 가온이 내심 박수를 쳤다. 그 시간을 어떻게 기다릴지 걱정스러웠는데 현실 시간으로 사나흘 정도면 되는 것이다.

-제가 이곳에서 옥거울 주위에서 지켜보다가 영혼이 완전해지면 알려 드릴게요.

'그래.'

복제된 영혼이 완전해지는 동안 어나더 문두스를 더 플레이하면 될 것 같다.

-오빠, 그런데 분신을 뭐라고 불러야 하죠?

-그러게. 두 번째 주인님이라고 불러야 하나?

-우리에게는 주인님이 맞기는 한데 이제부터 본신과 독립적인 삶을 살게 될 테니 그냥 온 훈 님이라고 부를까요?

벼리와 파넬의 의념에 마땅히 대답할 말이 없었던 가온은 알테어의 의견이 일리가 있다고 생각했다.

'벼리는 오빠라고 부르면 되고 둘은 알테어의 생각대로 하면 될 것 같네.'

분신과 달리 합체를 할 수도 없으니 그게 나을 것 같았다. 온 훈이라는 이름으로 불려도 어차피 본질은 가온이니 말이다.

—아무튼 바로 움직일게요!

'아! 벼리야, 영혼만 안착시키면 아바타, 아니 분신인 온 훈은 바로 움직일 수 있는 거야?'

자신이 온 훈이라고 부르니 마치 독립된 타인처럼 생소하게 느껴졌다.

—글쎄요.

하긴, 경험이 없으니 벼리도 알지 못할 것이다. 분신비결에도 그런 내용은 전혀 없었다.

—영혼이 육체에 안착하는 데 얼마나 걸릴지 모르겠지만 원래 제집이었으니 오래 걸리지 않을 것 같아요.

'그럼 온 훈이 아니테라를 통해서 지구로 건너올 수는 있는 걸까?'

만일 그게 가능하다면 최소한 한국에서 열릴 던전들은 큰 피해 없이 닫을 수 있을 것이다.

—이론적으로는 가능한데 같은 영혼을 가진 두 존재가 만날 경우 어떻게 될지 저도 감히 추측할 수 없겠네요.

'최악의 경우는?'

—두 영혼이 동시에 붕괴될 수도 있어요.

분신비결에도 이런 사례에 대한 언급이 없기 때문에 그 무엇도 감히 추측할 수 없었다.

'아쉽네.'

본신과 분신이 독립적으로 존재할 수 있다는 확신만 있다면 굳이 동화의 인을 구입하기 위해서 3억이라는 무시무시한 명예 포인트를 모을 필요가 없었다.

'어쨌거나 분신이 제대로 활동하기 시작하면 나는 현실에 집중하자.'

가온은 복제된 영혼은 벼리와 두 리치에게 맡기고 앞으로 현실에서 뭘 해야 할지 고민해 보기로 했다.

갑자기 생긴 목표지만 가온은 목표를 이루는 과정이 자신은 물론 수많은 사람들에게 큰 의미가 될 수 있어 보람이 있을 거라고 확신했다.

'문제는 지금 이 시간에도 차원 융합이 진행되고 있다는 거야.'

분명히 예지몽에서는 지구에 수많은 던전이 생성되는 사태가 발생했고 잘 대처한 나라들도 있지만 그렇지 못한 나라들도 많아서 전 지구적으로는 엄청난 피해가 발생했다.

상대적으로 잘 대처했다고 자부하는 강대국에서도 피해가 컸다. 생성되는 던전의 위치를 미리 알 수 있었던 것이 아니었기 때문에 수도권을 제외하고는 던전 브레이크가 발생했고 많은 민간인이 피해를 입었다.

'만약 온 훈이 동화의 인을 구입하지 못한 상태에서 던전 사태가 발생하면 벼리 덕분에 세운 새로운 목표를 달성하는 것에도 큰 지장이 생길 거야.'

곰곰이 생각해 본 결과 지금 해야 할 일은 두 가지였다.

'현실에서도 수련을 해서 능력을 최대로 높이는 한편 활력 포션과 안심 포션을 생산해서 판매할 방법을 찾아보자!'

가온이 그렇게 앞으로 살아갈 길에 대한 큰 줄기를 세우고 세부적인 계획을 짜려고 했을 때 반가운 연락이 왔다. 헤븐 힐로부터 온 전화였다.

새로운 미래

가온은 오랜만에 바로 남매와 헤븐힐을 만나서 술을 마시기로 했다. 물론 오피스텔 1층에 있는 치킨집에서 만나기로 했다.

안 그래도 지난번에 만난 이후에 가끔 매디가 생각났는데 볼 수 있다고 생각하니 살짝 가슴이 설렜지만 이내 아레오와 아나샤에게 죄책감이 들었다.

'내가 이럼 안 되지.'

다행히 두 사람이 더 있어서 그런지 매디는 이전과 다른 감정이 담긴 눈빛을 제외하면 표가 나지 않게 행동했다.

간단한 안부를 주고받은 후 바로가 전혀 예상하지 않았던 말을 꺼냈다.

"따로 길드를 만들 거라고?"

뜻밖에도 세 사람은 길드를 만들 계획을 가지고 있었다. 전혀 상상하지 못했던 계획이었다.

"네, 형. 저희 셋이 하이랭커 중에서는 가장 레벨이 높잖아요. 말은 안 했지만 계속 영입 제의가 있었는데 이번에 오원그룹에서 어나더 문두스에 진출하면서 길드를 만들겠다며 저희 셋에게 전권을 주겠다고 제의해 왔어요."

예지몽 속에서도 재계를 주름잡는 대형 그룹들이 가상현실 게임에 진출하는 건 계속 이어진다. 그 정도로 가상현실을 상징하는 어나더 문두스는 단순한 게임이 아니라 새로운 산업으로 떠올랐고 영향력도 엄청났다.

최근 한번 접속하면 열흘까지 플레이를 할 수 있는 최고급 사양의 캡슐이 출시되면서 어나더 문두스의 영향력은 더욱 커졌다.

게다가 탄 차원의 골드는 그동안 경제학자들 사이에서 화폐 가치를 두고 격렬한 논쟁이 벌어졌던 암호 화폐와 달리 기축 화폐로 완벽하게 자리를 잡았다.

"결정이 된 거야?"

"온 대장님과 더 이상 같이하지 못하는 것은 너무나 아쉽지만 이젠 독립을 해야 할 시점이라고 생각했어요."

바로의 대답에 매디는 물론이고 헤븐힐까지 고개를 끄덕였다.

"레벨업이 힘들어져서 그래?"

자신에게는 좀 난감한 일이었지만 남자로서 자신의 아바타를 좋아해 온 헤븐힐까지 이렇게 말하니 정말 궁금했다.

"그래서가 아니고 온 클랜에서 우리가 설 자리가 없는 것 같아서."

바로가 아니라 헤븐힐이 대답했다.

"혹시 철월검류의 창설 때문에요?"

이 세 사람은 탄 차원인이 아니라 플레이어이기 때문에 철월검류의 움직임에 아무래도 소극적일 수밖에 없었다.

"이미 들었구나. 온 대장의 스승이신 나크 훈 님과 클랜의 주축이 되는 대원들이 툴람 왕국의 수도에서 검술관을 열고 자리를 잡기로 했거든. 그 때문에 원년 클랜원들도 고민을 하다가 거취를 결정했어."

어떻게 보면 충분히 예상할 수 있는 결론일지도 몰랐다. 가온이 별 관심을 가지지 않았을 뿐이다.

"아무리 어나더 문두스가 또 다른 현실이라고는 하지만 저희는 지구인이잖아요. 어쩔 수 없는 한계가 있더라고요. 그곳에서 평생 살 수 있다면 모르겠지만 언제고 다시 제자리를 돌아와야 하니 어쩔 수 없이 이쯤에서 따로 움직이는 것이 좋겠다고 판단했어요."

"그래서 말인데 가온 씨도 저희와 함께해요."

"그래. 이제 그만 마법을 익히고 우리와 같이 활동을 하자.”

매디에 이어 헤븐힐도 권유를 했지만 가온은 그들이 원하는 대답을 할 수가 없었다.

마음이 너무 복잡했다.

‘꼭 배신당한 것 같아.’

그런 것이 아니라는 사실을 너무 잘 알고 있었지만 부모님의 일에 이어 그동안 친하게 지내온 세 사람과 헤어져야 한다고 생각하니 감당하기 힘들 정도의 상실감과 함께 무력감이 찾아왔다.

“최근 들어서 어나더 문두스에서 무척 화제가 되는 플레이어가 있어요. 엘리아 이바노프라는 마법사 플레이언데 형처럼 정통 방식으로 마법을 배웠거든요. 그래서 그런지 마법의 위력이 엄청나서 레벨과 관계없이 누구나 같이하기를 원하는 랭커가 되었어요. 그녀의 등장으로 인해서 일부 사람들은 그녀가 마력만 있다면 현실에서도 마법을 사용할 수 있을 거라고 주장할 정도로 인기를 끌고 있어요.”

바로는 새로 창설할 길드의 인지도를 단숨에 끌어 올리기 위한 방법으로 이바노프처럼 마법을 익힌 가온의 존재까지 이용할 생각인 것 같았다.

가온은 바로의 의도를 금방 알아차렸지만 불쾌하게 받아들이지 않았다. 자신보다 어린데도 불구하고 사업 감각을 가지고 있다고 생각할 뿐이었다.

아니, 오히려 대단하고 생각했다. 오원처럼 거대한 그룹이 주도적으로 길드를 만들어서 세 사람을 영입하는 방식이 아니라 세 사람이 오원그룹의 지원을 끌어냈으니 말이다.

이건 사업 감각을 타고나야만 할 수 있는 일이었다.

"아직 그 정도는 아니야. 실망시켜서 미안하지만 나는 물론 스승님께서도 충분하다고 판단하실 때까지는 계속 수련할 생각이야."

"흐음. 가온 씨는 그렇게 말할 줄 알았어요."

"얘는 은근히 고집불통이라니까."

세 사람은 가온의 반응을 어느 정도 예상했는지 더 이상 권하지 않았다.

"그래, 언제부터 일을 시작하려고?"

"일단 온 대장님께 인사를 하고 오원그룹의 담당자와 만나서 계약을 한 후 바로 시작하려고요."

"세 사람이라면 잘할 수 있을 거야. 그런데 집에서는 뭐라고 하지 않겠어요?"

바로나 매디는 집안에서도 뭐라고 할 것 같지 않은데 헤븐힐이 문제다. 전에 만났을 때 들은 얘기로는 집안에서는 병원으로 돌아가지 않을 거라면 선을 봐서 시집을 가라고 한 것이다.

"흥. 가칭 '파이브 서클' 길드의 부길마라면 오원그룹의 과장급 대우를 받는 건대 뭐라고 하시겠어!"

하긴, 그 정도면 의사가 되는 것보다 더 나은 진로였다. 안정적이 아니라는 점을 빼면 동기들보다 훨씬 더 높은 대우를 받는 것이다.

'가만!'

그러고 보니 자신의 새로운 목표에 헤븐힐이라는 존재가 도움이 될 수도 있을 것 같다.

"이건 지금 우리가 하고 얘기와 많이 동떨어진 주제인데 혹시 현실에서도 포션이 등장한다면 어떨 것 같아요?"

"어차피 불가능한 일인데 왜 물어?"

"트롤의 피가 필수적인 치료 포션은 당연히 불가능하지만 체력 포션과 활력 포션은 효과가 좀 낮아지겠지만 지구에서도 충분히 만들 수 있을 것 같은데요."

가온의 대답에 헤븐힐의 눈빛이 바뀌었다.

"정말? 그, 그걸 어떻게 알아?"

"마법을 익히는 과정에서 스승님께 포션과 조제 과정에 대한 상세한 가르침을 받은 이후에 연금술 쪽으로 연구를 해오고 있는데, 두 포션의 경우 지구에도 대체할 수 있는 약초들이 있는 것 같더라고요. 물론 효능은 좀 떨어지겠지만 마시는 것만으로 일상의 피로는 금세 풀 수 있고 특히 면역력 강화가 필요하거나 수술 후 회복 중인 사람들에게는 큰 도움이 될 것 같은데요."

"그, 그거 확실한 거지?"

"확실하지는 않지만 시도해 볼 가치는 있어요. 그래서 요즘은 마법 수련도 안 하고 연금술 쪽만 연구하는 상황인데 어느 정도 확신이 생겨서 당분간 게임을 포기하고 전문적인 연구 시설을 빌려서 가능성을 테스트해 볼 생각을 하고 있어요. 만약 내 생각대로 활력 포션을 현실에서 생산할 수 있다면 다국적 제약사나 식품 회사들과 달리 이익을 최소한으로 책정해서 공익사업처럼 운영하고 싶어요."

"나도 해!"

"네?"

설득하는 데 꽤 애를 먹을 거라고 예상했는데 헤븐힐은 가온이 놀랄 정도로 적극적인 반응을 보였다.

"우리 집안 사람들 중에 규모는 작지만 제약사를 운영하는 분도 있고 식품 회사를 운영하는 분도 있어. 연구 시설도 얼마든지 사용할 수 있다고! 치료 포션은 몰라도 체력 포션이나 활력 포션의 경우 굳이 의약품 허가를 받지 않아도 되니까 효능만 확인된다면 빠르게 출시할 수도 있어!"

갑자기 헤븐힐이 급발진을 하는 이유가 있었다.

"오원그룹에서 전폭적으로 밀어준다면서요. 왜 굳이 성패를 장담할 수 없는 일에 합류하려고 해요?"

"일단 재미가 있잖아! 그리고 이익을 최소한으로 해서 수많은 사람들의 건강에 도움을 주고 싶다는 온의 뜻도 너무 멋있고. 그동안 어나더 문두스를 열심히 플레이하기는 했지만 지금 내가 얻은 것들의 태반은 온 대장님 덕분이라서 내 것이라는 느낌이 별로 안 들어."

"만약 그게 가능하다면 그야말로 돈을 갈퀴로 긁어 들일 수 있겠네요."

"형, 혹시 이미 상세한 사업 계획이 나온 거야?"

매디는 부러운 얼굴이 되었고 바로는 뜨거운 눈빛으로 그렇게 물었다.

"그건 아니지만 일단 내가 가진 자금으로 사업을 시작할 생각이야. 어나더 문두스에서 수련을 하느라 던전 건으로 번 돈이 고스란히 남아 있기도 하고, 부모님의 지원도 받을 수 있을 것 같거든. 유통 분야는 걱정할 필요가 없을 것 같고."

유통 분야는 전 세계적인 식품 유통망을 가지고 있는 갤의 집안을 이용할 생각이다.

"나도 출자할게! 같이해!"

그렇게 말하는 헤븐힐의 눈이 그 어느 때보다 밝게 빛났다.

"그럼 새 길드는?'

"길드 상황 때문에 떠날 수밖에 없지만 사실 미련이 한 가득이야. 새로 길드를 만드는 것도 딱히 할 일이 없어서 그러자고 했을 뿐이야."

"좋아요. 안 그래도 제약이나 식품 업계에 인맥을 가진 믿을 만한 사람이 필요했거든요."

헤븐힐이 참여하면 그만큼 목표를 이루는 시간과 노력이 줄어들 것이다.

"그럼 회사를 만들 텐데 저 같은 사람은 필요 없어요? 경력은 많지 않지만 광고나 홍보 쪽이라면 도움이 될 것 같은데."

"나도 형과 같이하고 싶어! 내가 그쪽 분야를 잘 모르기는 하지만 내가 가진 정보력과 게시판을 이용하면 형이 하려는 사업에 도움이 될 것 같아. 이를테면 영업이나 판매 쪽."

헤븐힐과 함께 사업을 하기로 결정하자 생각지도 않게 매디와 바로가 합류를 요청했다.

"두 사람, 길드를 창설하는 문제도 그렇지만 어나더 문두스를 더 이상 할 수 없을지도 모르는데, 괜찮아?"

"당연하죠. 비록 운 좋게 온 대장님과 인연을 맺어서 하이랭커가 되었고 플레이하는 것도 재미있지만 게임은 게임일 뿐이죠. 현실에서 땀을 흘리며 목표를 위해 매진하는 것과는 비교할 수 없잖아요."

"형, 난 누나들과는 어나더 문두스에 대한 입장이나 의견이 좀 다르지만 영원히 게임만 하고 살 수 없다는 것에는 동의해. 정보 게시판을 관리하는 것도 의미가 있지만 현실에서 수많은 사람들에게 도움이 될 수 있으면서도 큰돈을 벌 수 있는 일을 하는 것이 훨씬 더 가치가 있는 것 같아."

갑자기 분위기가 확 바뀌었지만 가온 입장에서는 반길 수밖에 없는 변화였다.

"좋아! 그럼 같이하자고!"

"앗싸!"

헤븐힐이 가장 기뻐했다. 적어도 한국 사회에서는 선망받는 직업인 의사의 길을 혈액 공포증 때문에 포기하고, 국가 차원에서도 장려하는 가상현실 게임을 즐겨 오기는 했지만 그래 봐야 게임이라는 인식이 강했다.

"저도 그때 받았던 돈이 고스란히 남았고 골드 가치까지 올랐으니 지분 투자까지 할게요."

"나도 투자할게, 형. 내가 누나보다 돈이 더 많을걸."

놀랍게도 매디와 바로는 가온이 구상하는 사업이 성공할 것을 확신하는 것 같았다.

"나와 같은 생각을 한 사람들이 한둘이 아닐 거야. 성공보다는 실패할 가능성이 아주 높아. 쉽게 결정할 문제가 아니야."

가온은 일단 세 사람이 너무 쉽게 결정하는 것 같아서 제동을 걸었다.

새로운 도전

가온은 세 사람이 너무 쉽게 결정하는 것이 아닌가 생각했지만 얘기를 들어 보니 아니었다.

"상관없어. 실패하더라도 피가 끓어오르는 일을 하고 싶은 거니까. 사실 아무리 어나더 문두스에서 잘나가도 마음 한구석은 늘 허전하고 죄책감이 있었거든, 내가 사회의 잉여자 혹은 부적응자가 아닐까 하는."

"저도 언니와 비슷한 생각을 늘 하고 있었던 것 같아요. 그래서 다른 하이 랭커들이 방송이나 광고 분야에서 잘나가는 것을 보면서도 존재를 드러내는 것은 내키지가 않았어요."

"저는 누나들과는 생각이 좀 다르지만 그래도 게임에서만 사용할 수 있는 포션을 현실로 가져온다는 사실과 그 포션으로 많은 사람들의 건강에 큰 도움이 될 수 있을 거란 사실은 너무 마음에 들어요."

가온은 세 사람이 자신과 함께하겠다는 의지를 피력하자 무척 기분이 좋았지만 그래도 세 사람의 마음을 확실히 확인하고 싶었다.

"그래도 하이 랭커까지 올라갔는데 어나더 문두스를 포기하는 건 아깝지 않아?"

"전혀요. 무엇보다 형이 큰돈을 벌려고 이 사업을 기획한 것이 아니라는 점이 가장 마음에 들어요. 사실 요즘 글로벌 제약사들이 하는 짓을 보면 국가는 물론 법까지 무시하면서 아픈 사람들로부터 어마어마한 돈을 챙기고 있거든요."

"맞아요. 아픈 사람들뿐 아니라 건강보험은 결국 국민 모두가 내기 때문에 결국 모든 사람들로부터 과도한 돈을 챙기고 있어요. 거기에 자신들의 사업에 제약을 걸면 약을 공급하지 않는 방식으로 갑질을 하기 일쑤이고요."

"한때 의학계에 있었던 만큼 내가 글로벌 제약사들의 횡포에 대해서는 가장 잘 알아. 정말 나쁜 놈들이야. 연구 개발에 들어가는 자금과 고급 인력을 무시하는 것이 아니라 정말 너무 과도한 이윤을 챙기고 있는 건 사실이야. 누군가 제동을 걸어야 해!"

가온은 예상과 달리 너무 흥분한 세 사람의 반응에 놀라기는 했지만 좋은 방향으로 일이 진행되어 너무 뿌듯했다.

"자, 자! 주목! 아무튼 지금 당장은 움직이기 어려우니 일단 한 달이라는 기한을 두고 주위를 정리하도록 하지요."

"한 달이나? 쳇! 너무 길긴 한데 이것저것 정리하려면 시간은 필요할 테지. 알았어."

누구보다 열렬한 반응을 보인 헤븐힐은 많이 아쉬운 얼굴이었지만 다른 두 사람과 함께 가온의 의견을 받아들였다.

네 사람은 의논 끝에 한 달 후에 정식으로 만나서 사업에 대해서 전반적인 논의를 하기로 결정했다.

가온은 분신인 온 훈이 활동을 시작하면 어나더 문두스는 그에게 맡기고 그때부터 수련을 할 생각이다.

'만약 분신이 지구로 건너오지 못하거나 동화의 인을 구할 수도 있으니까 적어도 한국에서 발생할 던전 사태를 나 혼자 해결할 정도의 능력을 높여야 해!'

오랜만의 모임이지만 의기투합한 네 사람은 늦은 시간까지 어울렸다.

벼리가 아니테라에 가 있다고 해도 어나더 문두스에 접속하는 것은 아무런 문제가 없었다.

가온은 혹시나 하는 마음에 밀프 백작성에 들러 이계인 구역을 한번 돌았는데 갤 일행은 볼 수 없었다.

'좋아! 차원 의뢰나 하자!'

다른 왕국들을 돌면서 높은 등급의 던전들을 공략하는 것도 고려했지만 딱히 의뢰가 들어온 것도 아닌데 자진해서 찾아가 부탁을 하고 싶지도 않았고, 그런 던전이라고 해 봐야 겨우 1천만 포인트를 획득할 수 있을 뿐이니 차라리 차원 의뢰를 하기로 결심한 것이다.

원래 계획은 분신에 영혼이 제대로 안착하면 아레오와 아나샤와 함께 움직이는 것이었는데, 그동안 탄 차원에서 시간을 보내고 싶지 않았다.

'이번 의뢰로 동화의 인을 구입할 수 있으면 좋을 텐데.'

그래도 지난 의뢰처럼 정령이나 아이템 사용에 제한이 있으면 골치가 아플 것 같았다. 그럴 바에는 차라리 난이도가 더 어려운 것이 낫다.

가온은 인적이 드문 곳에서 차원 이동을 감행했다.

팔뚝에 새겨진 징표에 마나를 주입하고 문지르자 지난번과 비슷하게 시야가 블랙아웃 되는가 싶더니 이내 자신이 광활한 우주의 한가운데에 있다는 사실을 인지할 수 있었다.

잠시 기다리니 이전처럼 염파가 머릿속으로 전해졌다.

—이름 : 가온(블루급)

—C-218S414차원 출신으로 옐로급 의뢰를 판정 기준을 한참 초과해서 완수했기에 선택권을 획득함.

—총 4개의 의뢰에 적합합니다. 적합 판정이 내려진 의뢰를 선택하

세요.

염파임에도 마치 눈앞에 뜬 홀로그램처럼 생생한 정보의 내용에 가온은 이전과 달라진 점을 알 수 있었다.

'옐로급에서 블루급으로 올랐네. 호오! 이번에는 선택권이 있단 말이지.'

마지막 내용 중 의뢰라는 단어에 집중하자 상세한 내용이 펼쳐졌다.

의뢰 1

무대 : C-1843764차원(환계)
등급 : 카이
내용 : 마기의 침식을 막아라
보상 : 최소 1천만 명예 포인트에 의뢰 완수에 따라 500%까지 차등 성과 보상 지급

의뢰 2

무대 : C-554781차원(물질계)
등급 : 카이
내용 : 마교를 괴멸시켜라
보상 : 최소 1천만 명예 포인트에 의뢰 완수에 따라 600%까지 차등 성과 보상 지급

의뢰 3

무대 : C-235968차원(종합계)
등급 : 카이
내용 : 타 차원들과의 융합을 막아라
보상 : 최소 1천만 명예 포인트에 의뢰 완수에 따라 1,000%까지 차등 성과 보상 지급

의뢰 4

무대 : C-1921410차원(선계)
등급 : 카이
내용 : 차원의 붕괴를 막아라
보상 : 최소 1천만 명예 포인트에 의뢰 완수에 따라 400%까지 차등 성과 보상 지급

내용은 대동소이했다. 차이라면 무대가 환계와 물질계 그리고 선계라는 정도이며 추가적인 보상의 내용이 다르다는 정도였다.

물질계, 환계, 선계라는 단어에 잠시 관심을 주었던 가온은 문득 익숙한 단어를 발견하고 피식 웃었다.

'마교라면 무협지에 나오는 세상이겠네.'

다른 의뢰는 이전에 수행했던 의뢰와 비슷했지만 두 번째 의뢰는 마교를 괴멸시키라는 구체적인 목표를 제시하고 있었다.

일단 가장 마음을 움직인 것은 네 번째 의뢰였다.

'선계라면 신선이 사는 세상인가?'

선도 소설은 중국어 문화권에서 유행하는 장르 소설인데 주로 신선계와 신선이 등장한다.

물론 읽어 본 적은 없었지만 골수팬이 아닌 사람들은 내용이 아주 황당무계하다고 했다.

그럼에도 불구하고 관심이 갔다. 동양의 뿌리 깊은 신선 사상이 그에게도 어느 정도의 영향을 미친 것이다.

'하지만 그곳에서는 내 능력을 쓸 수 없을지도 몰라.'

전설에 등장하는 신선들은 신통력이라는 힘을 사용한다. 즉, 기 혹은 마나를 사용하는 그에게는 어울리지 않는 곳이었다.

'나중에 한번 가 보고 싶긴 하다.'

결국 가온이 고른 의뢰는 세 번째 의뢰였다. 종합계라는 단어가 의미하는 바는 알 수 없지만 내용이 끌렸다.

'이 의뢰를 수행하다 보면 어나더 문두스와 얽힌 문제는 물론 지구에 닥칠 것으로 예상되는 차원 융합에 대한 비밀을 알 수 있을지도 몰라.'

가온이 의뢰를 선택하자 이전에 한 번 봤던 내용이 머릿속에 떠올랐다.

—의뢰를 수락하셨습니다.

-양 차원의 시간비율은 1 : 100입니다.

-조언자는 배당하지 않지만 해당 세상에 대한 기본 정보를 전달합니다.

이전과 다른 점은 제한이나 그에 따른 추가 보상에 대한 내용이 없다는 점이었지만 이번 의뢰는 빨리 끝낼 생각이기에 크게 신경을 쓰지는 않았다.

다만 세 번째 내용은 좀 짜증이 났다.

'왜 나는 조력자의 도움을 못 받는 거야!'

그런 생각을 할 때 의식이 꺼져 버렸다.

"헉!"

문득 정신을 차린 가온이 튕기듯 일어났다. 그리고 바로 주위를 돌아보았다.

포장되지는 않았지만 상당히 넓은 길 한쪽에 있는 작은 공터였다. 크지는 않지만 땅에서 솟아 나오는 샘이 있어서 오가는 이들이 잠시 쉬는 곳으로 주위는 울창한 숲이었다.

'여긴 여기지?'

그 순간 머리가 깨지게 아파서 가온은 오만상을 쓰며 그 자리에 주저앉았다.

머릿속으로 물밀듯이 들어오는 파동이 멈추고 두통이 가라앉자 가온은 세 번째 내용이 떠올랐다.

'이런 식으로 이 세계에 대한 정보를 넣어 줄 거라곤 생각하지 못했네.'

심한 두통을 감수해야만 하지만 지난번에도 이런 식이었다면 적응하기가 훨씬 쉬웠을 것이다.

잠시 후 두통이 가라앉자 가온은 잘려 나간 지 얼마 되지 않아 보이는 나무 그루터기에 앉아서 머릿속으로 주입된 정보를 정리했다.

'차원과 행성의 이름은 아이테르, 지구의 열 배나 되는 거대한 행성이며 항성, 즉 태양이 두 개에 달은 일곱 개지만 지구와 비슷한 환경이야.'

하루가 23.5시간이며 1년이 370일이라는 사실을 생각하면 지구와 얼마나 비슷한지 잘 알 수 있었다.

'다만 대륙이 하나뿐이라는 점은 큰 차이지.'

아이테르 행성에는 대륙이 하나밖에 없었다. 지구에도 대략 2억 5천 년 전에는 판게아라는 초대륙 하나만 존재했다는 상식은 이미 알고 있었는데 이곳이 그랬다.

'이곳은 아득한 오래전부터 수없이 많은 던전이 열렸고 그 안에서 나온 존재들이 이곳에 뿌리를 내렸다. 그래서 천족이나 마족부터 시작해서 소설, 영화, 게임 등 다양한 매체에서 등장하는 거의 모든 인간종과 마수 그리고 몬스터 들이 살아가는 곳이지.'

대륙이 하나뿐이기에 생존 경쟁은 당연히 치열할 수밖에

없었고 그런 환경이 인간은 물론 동물들의 능력을 빠르게 높여 주었다.

'그런데 최근 수십 년 전부터 이 세계의 한 부분이 지워진 듯 사라진다는 것. 이곳의 인간들은 그런 현상이 해당 구역이 다른 차원과 융합이 되어 그곳 입장에서 보면 던전이 생성되는 것이라고 이해하고 있다. 문제는 그런 현상이 급증하고 있다는 것이고 내 임무는 그 이유를 찾아서 원인을 제거하는 것이야.'

그래도 언어 지원은 되기 때문에 의사소통이 가능하며 현재의 외모는 이곳에서 특별한 것이 아니라는 점은 마음에 들었다.

'혼자서 수행하기는 힘든 의뢰군.'

의뢰의 상세한 내용을 알게 된 순간 떠올린 결론이다. 특히 차원 융합의 원인을 알아보는 것은 전문가의 도움이 필요했다.

'일단 그것을 알 만한 인물 혹은 세력을 찾아야겠구나.'

무력만으로 해결할 수 없는 의뢰이고 이곳에 대한 개략적인 정보는 알고 있다고 해도 자신은 이곳 세상에서는 이방인이니 도움이 될 인물이나 세력을 찾는 것이 급선무다.

'좋아. 이곳이 어딘지부터 파악하자.'

가온은 잘 다져진 넓은 길의 상태로 보아 꽤 많은 인간들이 통행하고 있다는 사실을 확인하고 잠시 기다리기로 했다.

여기가 어딘지도 모르니 지나가는 사람이 있으면 묻어가는 것이 가장 좋을 거라고 생각한 것이다.

'그나저나 기후는 온대, 혹은 아열대이고 공기가 무척 맑네.'

중력도 지구와 비슷했으며 대기의 조성도 크게 다르지 않았다. 당장 확인할 수 있는 차이라면 탄 차원보다 마나가 3할 정도 더 많다는 것이다.

'그래서인지 탄 차원보다 훨씬 더 생존이 어려운 세상이지.'

오래전부터 생성된 던전에서 쏟아져 나와서 어느덧 이곳에 정착한 마수와 몬스터는 물론이고 위험한 동식물이 너무 많아서 인간들은 국가 단위를 유지하지 못하고 거대한 성벽을 두른 도시에서 겨우 생존하고 있었다.

심지어 이곳은 탄 세상에는 오래전에 소멸한 드래곤이나 가온이 상대하다가 하마터면 죽을 뻔했던 마족들도 자주 출몰하는 위험한 세상이다. 지구처럼 인간이 마음껏 문명을 발달시킬 여건이 안 되는 세상인 것이다.

'소모한 영력을 보충할 수 있는 좋은 기회네.'

행성은 물론 대륙이 워낙 크기 때문에 인간이 건설한 도시들은 말을 타도 보름에서 한 달은 걸릴 정도로 거리가 떨어져 있으며, 12개는 평균 30개에 달하는 인접 도시에 강력한 영향력을 발휘할 만큼 규모가 크고 강력한 군세를 보유하고 있지만 다양한 마법진으로 보호가 되는 성벽을 벗어날 정도는 아니었다.

신기한 것은 지구와 달리 같은 인종이라도 오래전 이 세상에 건너왔던 선조가 달라서 그런지 무조건적으로 협력을 하지는 않는다는 점이다.

그래서 어느 도시든 다양한 인종이 모여 산다. 즉, 인종차별과 같은 문제는 거의 일어나지 않았다.

'그래도 문명 수준은 굉장히 높아.'

다양한 능력을 가지고 있는 수많은 인종들이 모여 사는 세상이고 고대와 초고대에는 지금보다 더 과학은 물론 마법공학이 발달했었기 때문에 현재의 문명 수준은 무척 높았다.

국가까지는 아니지만 고도의 마법공학의 산물인 텔레포트진으로 도시들은 긴밀하게 연결되어 있었다. 그래서 인적 교류나 물류 유통도 적은 편이 아니었다.

지구 문명과 가장 큰 차이라면 화약 문명은 그리 발달하지 못했다는 점이다. 화약 무기로는 마수나 몬스터의 생체보호막을 효과적으로 공략할 수 없었기 때문이다.

이 세계의 전사들은 냉병기와 르테인이라고 부르는 마나를 사용하지만 지구와 비슷한 무기가 없는 건 아니다.

대표적인 것이 바로 마나건이나 마나포인데 구동원은 마정석 혹은 마나석으로 복잡한 마법진들이 필요하기 때문에 흔하게 사용되지는 않지만 몬스터의 대규모 공격과 같은 상황에서는 큰 활약을 한다.

아쉬운 것은 시스템이 주입한 정보에 빠져 있는 것들이 꽤 많다는 것이다. 예를 들어 이 세계의 마법사나 전사의 실력과 같은 사항들은 전혀 알 수 없었다.

'신분제 사회라는 것도 그래. 좀 더 자세한 내용을 주입해 주면 안 되나.'

뭐 지구만 해도 표면적으로는 평등을 표방하지만 실질적으로는 신분제 사회나 마찬가지지만 상세한 내용이 쏙 빠져서 더 궁금했다.

그렇게 머릿속으로 주입받은 이 세계에 대한 정보를 곱씹으며 상세한 내용을 숙지하는 일이 거의 끝나갈 때 길의 한쪽 끝부분인 고갯마루를 넘어오는 마차들이 보였다.

'상행이면 좋겠네.'

상인들은 어느 세상이나 정보력이 가장 높았다. 당연히 시스템이 주지 않은 세부적인 이 세상에 대한 정보를 파악하는 데 큰 도움이 될 것이다.

'나도 도움을 줄 수 있고.'

상인들의 기본적인 마인드는 비즈니스다. 자신과 같은 이방인 입장에서 보면 정이나 인연에 얽매이지 않고 받는 만큼 주는 상인들이 편했다.

혹시 몰라서 활과 화살통을 꺼내 몸에 장착한 가온은 마차들이 가까워질 때까지 아무 행동도 하지 않고 기다렸다.

'생각보다 규모가 크네.'

마차를 끄는 동물은 처음 보는 종류였다. 말도 아니고 소도 아닌 것은 분명한데 몸집이 황소의 배에 달했고 바깥쪽으로 구부러진 날카로운 뿔과 레게머리를 연상하게 만드는 털이 인상적이었다.

말의 몸집이 커서인지 마차 역시 굉장히 컸다. 탄 차원의 마차에 비하면 1.5배는 큰 것 같았는데 마부석 바로 뒤에 서너 명이 앉을 수 있는 좌석이 있어서 그런 것 같았다.

그리고 그 좌석에는 상단의 직원으로 보이는 이들이 타고 있었고 호위로 보이는 이들이 21명이나 되었다.

'호오! 엄청나게 다양하네!'

상단원들은 물론이고 호위들은 인간뿐 아니라 엘프, 오크와 비슷한 이들은 물론이고 견인족의 피가 섞인 것처럼 다양한 외모를 가지고 있었다.

이것만 봐도 이 세계는 다종족들이 어울려 산다는 사실을 확인할 수 있었다.

'실력도 상당하네.'

검기 사용자, 아니 이 세계에서는 익스퍼트 중급이라고 부르는 이가 한 명이고 네 명은 검기 입문자에 해당하는 익스퍼트 초급이었다. 그리고 나머지는 마나로 무기를 강화하는 실력인 검강(劍强) 즉, 오러 유저 단계였다.

그들은 공터에 서 있는 가온을 향해 날카로운 눈빛을 보내고 있었는데 그래도 함부로 행동하지는 않았다.

'동물도 그렇지만 사람들이 굉장히 크군.'

가온의 아바타인 온 훈은 키가 상당히 큰 편이다. 약간 마른 듯해 보이는 몸도 잘 발달된 근육질이라서 상대에게 위압감을 주는 편이었는데, 이곳 사람들은 대부분 그와 체구가 비슷했다.

'그런데 이 정도면 호위 전력이 높은 거 아닌가?'

보기보다 마차들에 실린 화물의 가치가 높거나 혹은 호위 전력이 이 정도는 되어야 할 정도로 상행이 위험한 것 같았다.

아니, 어쩌면 마나가 짙은 세상이라서 실력자들이 탄 차원보다 훨씬 많은 것일지도 몰랐다.

그때 두 번째 마차에 타고 있던 눈이 유난히 작은 배불뚝이 중년인 한 명이 내리면서 가온에게 말을 붙였다.

"선객이 있었군요. 아시는지 모르겠지만 우리는 도리아 상단입니다."

문득 세 마차의 한쪽에 세워진 깃발이 보였는데 깃에는 세 개의 겹친 원을 그려져 있었다.

"아! 견문이 부족해서 못 알아봤습니다."

"공터를 같이 써도 되겠지요?"

"물론이지요."

오가는 이들이 이용하는 공터를 사용하는데 왜 허락을 구하는지 알 수는 없지만 인사성은 밝은 것 같아서 마음에 들었다.

"감사합니다. 저는 도리아 상단 알펜 시티 지부에서 근무하는 랜드폴이라고 합니다."

자신은 소개한다는 것은 어느 세상이나 상대를 알고 싶다는 의미다.

"얼마 전 수행을 하기 위해서 도시를 나온 온 훈이라고 합니다."

마침 복장도 그렇고 혼자여서 그렇게 소개했다.

"아! 범상치 않은 기도도 그렇고 활도 그렇지만 흔치 않은 흰 검을 소지하고 계셔서 그럴 거라고 예상은 했지만 이 험한 세상에 홀로 나왔다니 정말 대단하군요."

그냥 하는 소리가 아닌지 랜드폴의 눈빛에는 놀라움과 감탄의 감정이 가득했다.

그런 그의 뒤쪽에 키가 무척 크고 근육질의 몸을 가진 장년 남자가 나타났다.

"젊은 친구인데 혼자 다니는 것만으로도 실력이 얼마나 뛰어난지 알 수 있지. 만나서 반갑소. 나는 에스림 용병단의 베릿이오."

"반갑습니다. 온 훈이라고 합니다."

가온은 앞으로 용병 신분으로 활동하면 좋겠다는 생각을

하며 상대와 인사를 나누었다.

"성년을 맞아 수행을 나온 모양인데 어느 시티 출신이오?"

"아니테라 시티에서 왔습니다. 저기 보이는 산맥 깊숙한 곳에 있습니다."

가온은 상대방이 자신의 나이를 너무 낮춰 보는 것이 아닌가 생각을 하면서도 빠르게 주위를 훑어보고는 멀지 않은 곳에 높은 산이 중첩되는 것을 확인하고 그쪽을 가리켰다.

"호오! 마르트 산맥 깊숙한 곳에 있는 시티라……. 험한 곳 출신이군. 혼자 다녔다고 했는데 시티에서 나온 지는 얼마나 됐소?"

베릿이 감탄하는 얼굴로 물었다.

"보름 정도 됐습니다."

"보름 만에 이곳까지 왔다니 굉장히 빠르게 움직였겠군. 혹시 그동안 어떤 마수나 몬스터를 만……."

땡! 땡! 땡땡!

베릿이 가온이 곤란해하는 질문을 하고 있을 때 갑자기 사방에서 종소리가 났다.

'뭐지?'

주위를 둘러보니 눈에 띄는 것이 있었다. 삼면이 울창한 숲으로 둘러싸인 공터의 테두리에 있는 작은 나무들 사이를 연결하고 있는 줄에 매달려 있는 작은 종들이었다.

"방진을 펼쳐!"

평소 훈련이 잘되었는지 베럿이 명령하기도 전에 용병들은 재빨리 마차를 둘러싸고 일부는 마차 위로 올라가서 석궁을 장전했다.

마부들의 행동도 민첩했다. 마차와 연결된 줄을 풀고 고삐를 모아서 샘물이 있는 곳으로 데리고 가던 말들을 다시 마차로 끌고 온 것이다.

하지만 완벽한 진은 만들 수 없었다. 원래라면 세 대의 마차를 이용해서 삼각형 형태의 진을 만들어야 하는데 시간이 촉박해서 마차가 일렬로 놓였고, 그 사이의 간격이 꽤 넓게 벌어진 것이다.

아무튼 상단 직원과 마부들 그리고 호위 용병들이 긴장한 얼굴로 전투 준비를 마쳤을 때 나무 사이의 어둠 속에서 적이 모습을 드러냈다.

"블랙독!"

"젠장! 최악의 상대네!"

모습을 드러낸 적은 검은 털과 가죽을 가진 갯과의 생물이었지만 사람들의 얼굴은 일그러졌다.

'이름만 보면 야생개잖아. 몸집이 송아지 크기에 송곳니가 길고 날카롭긴 그렇게 위협적이지는 않은 것 같은데 반응이 왜 이러지?'

그렇게 생각하던 가온은 긴장한 마부 한 명이 당황해서 발사한 석궁의 볼트가 자신의 발치에 꽂히자 화가 난 블랙독이 볼트를 물었을 때 사람들이 그렇게 반응했던 이유를 알 수 있었다.

'허어! 볼트를 물어서 부숴어!'

볼트는 철제였다, 촉까지 일체형으로 제작된.

그런 볼트를 이빨로 부술 정도라면 치악력은 몰라도 한번 제대로 물리면 어떤 상황이 될지 능히 짐작할 수 있었다.

"석궁은 치워! 차라리 창을 써!"

"젠장! 저놈들 가죽은 검기가 아니면 쉽게 베이지 않는데, 큰일이네."

사람들의 대화로 보건대 가죽의 방호력도 엄청난 모양이다. 채 30미터밖에 안 되는 거리에서 쏘는 석궁의 볼트가 털과 가죽을 뚫지 못할 정도라니 말이다.

그러는 사이에 블랙독들은 공터를 에워쌌다. 대략 100여 마리로 보스로 보이는 놈은 한쪽 눈에 깊은 흉터가 있어서 그런지 더욱 강해 보였다.

그때 가온의 귀에 두 사람의 대화가 들려왔다. 고개를 돌려 보니 창을 잡고 있는 랜드폴과 수하로 보이는 상단원이 속닥거리고 있었다.

"젠장! 하필이면 블랙독이냐."

"마수가 아닌 건 다행이지만 한번 물면 머리가 잘려도 안 놓는 질기고 사나운 놈들이라니. 그러니까 돈이 좀 더 들더라도 3급 마법사 한 명 정도는 고용하자고 하지 않았습니까?"

"누가 블랙독이 이런 산지에 나타날 줄 알았냐고."

"출발하기 전에 만난 정보상이 그랬잖아요. 블랙독 무리가 최근에 군트 시티와 미론 시티 사이에 나타난 적이 있다고요."

"그 최근이라는 것이 무려 4개월 전이었다고!"

"아무튼요."

"3급 마법사면 베릿 저 양반과 같은 실버급 용병 셋을 구할 수 있을 정도로 몸값이 비싼 것도 있지만 군트 시티에서 활동하는 용병 마법사는 아예 없었다고!"

가온은 랜드폴의 말을 통해서 실버급 용병의 실력이 익스퍼트 중급이라는 사실과 용병 마법사가 별로 없다는 사실을 알 수 있었다.

'검기 사용자, 아니 익스퍼트 중급이 실버급이라면 이 세상의 용병들은 굉장히 강한 모양이네.'

탄 차원이라면 골드급이었을 텐데 이 동네에서는 그 아래 등급이니 강자가 그만큼 많다는 것을 의미한다.

"하아! 저 끈질긴 놈들은 화계 마법이 아니면 쫓아낼 수 없는데, 어떡하지?"

"일단 목표를 정하면 마지막 한 마리가 죽을 때까지 집요하게 공격을 하는 놈들이라서 다 죽여야만 할 텐데, 우리 전력으로 가능할지 모르겠네요."

블랙독은 두 사람이 대화를 통해서 표현하는 것과 달리 무척 신중했다.

용병들의 태도나 기색을 살펴본 가온은 블랙독이 생각보다 강력한 마수임을 확인할 수 있었다. 검기를 사용할 수 있는 다섯 명조차 잔뜩 긴장하고 있었기 때문이다.

'인간을 사냥한 경험도 많고 지능도 높은 놈들인 것 같네.'

어쩌면 하나도 놓치지 않겠다는 생각을 가지고 있는지도 모르겠다. 완벽하게 포위를 한 지금에야 몇 놈이 간을 보듯 슬금슬금 움직이고 있었다.

'좀 도와줘 볼까.'

좋은 인상을 심어 주어야 바라는 것을 얻을 수 있을 것 같았다.

상황이 나빠졌을 때 등장하는 것이 연출상 더 좋은 그림이지만 한창 이곳에 대한 정보를 파악하려고 했을 때 나타난 블랙독 무리가 괘씸해서 일찍 나서기로 작정한 것이다.

가온은 등에 메고 활을 풀어서 시위에 화살을 걸었다. 그리고 강철 화살에 토기와 함께 음과 양 속성의 화기를 적절하게 주입했다.

'맞으면 폭발하는 화살의 맛을 봐라!'

가온은 이른바 폭발시(爆發矢)를 만든 것이다.

가온은 블랙독 한 마리가 일행을 향해 막 달리기 시작했을 때 당겼던 시위를 놓았다.

"블랙독은 화살로 죽이는 건 무리인데 대체 누구야?"

마차 위에 올라갔던 용병들도 석궁을 거두고 내려온 상태이기에 다들 누가 화살을 쐈는지 궁금해할 때 가온이 쏜 화살은 허공에 선을 그리며 빠르게 날아가서 한 블랙독의 이마에 깊이 박혔다.

"화, 화살이 박힌다고?"

전혀 기대하지 않고 상황을 지켜보던 용병들이 깜짝 놀라는 순간 더 놀라운 일이 벌어졌다. 머리에 박힌 화살이 폭발한 것이다.

동행

꽝!

공격을 위해 막 달려들려고 했던 블랙독들은 물론이고 사람들까지 커다란 폭발음에 깜짝 놀랐다. 그 정도로 폭발음이 컸기 때문이다.

그런데 더욱 놀라운 일이 벌어졌다. 화살에 맞은 블랙독의 머리통이 산산조각이 나서 사방으로 날아갔고 머리를 잃은 몸통이 관성을 이기지 못하고 10여 미터를 달려오다가 풀썩 쓰러진 것이다.

"헙!"

가온은 놀라 입이 떡 벌어진 사람들의 눈길을 받으며 계속 화살을 쏘았다. 조금씩 방향을 바꾸어 가면서도 손이 거의 보이지 않을 정도로 빠른 연사였지만 모두 폭발시였다.

꽝! 꽝! 꽝! 꽝! 꽝!

귀청이 떨어질 것 같은 커다란 폭발음과 함께 화살에 맞은 블랙독의 머리통과 어깨 등이 산산조각이 나서 사방으로 날아갔다.

30발들이 화살통 하나를 비우는 데는 불과 2분도 걸리지 않았다. 그 정도로 빠르게 연사한 것이다.

하지만 결과는 엄청났다. 폭발시는 한 발도 빗나가지 않아서 블랙독 30마리가 대부분 머리통이 사라져 죽었고 3마리만 어깨와 앞다리가 날아가서 낑낑거렸다.

가온이 다시 배낭에 손을 넣는 척하면서 아공간에서 화살통 하나를 더 꺼낼 때까지 인간이나 블랙독 양측 모두 아무 반응도 보이지 않았다. 그 정도로 짧은 시간에 엄청난 결과를 만들어 낸 것이다.

"어어어?"

"가! 간다!"

"블랙독이 도망치고 있어!"

정말이었다. 블랙독들이 눈치를 보는가 싶더니 하나둘 뒤로 물러나더니 빠르게 포위망을 풀고 몸을 돌렸는데 놈들도 두려웠는지 꼬리를 말고 있었다.

"어딜!"

하지만 가온은 놈들을 그냥 보낼 생각이 없었다.

'내 인상을 강하게 남길 필요가 있어!'

가온은 또다시 폭발시를 연사하기 시작했다.

또다시 울려 퍼지는 폭발음들과 뼈와 살이 부서지는 파육음. 그리고 산산조각이 나서 사방으로 날아가는 뼈와 피 안개에 사람들은 자신들도 모르게 몸을 떨었다.

가온의 화살통에 화살이 열 대가 남았을 때는 더 이상 블랙독은 찾아볼 수 없었다. 나왔던 울창한 숲속으로 도망쳐 버린 것이다.

사람들은 전혀 상상도 하지 못했던 결과에 직접 눈으로 머리통이며 어깨 부위가 사라진 블랙독 사체들과 산산조각이 나서 사방에 흩어져 있는 뼈와 살 그리고 피를 보며 마른침을 삼켰다.

가장 먼저 정신을 차린 사람은 랜드폴이었다.

"허어! 제가 사람을 잘못 봤군요. 블랙독 무리의 절반을 화살로 죽여서 나머지 놈들이 도망치게 만들 정도로 뛰어난 분인지 몰랐습니다! 대체 그건 무슨 화살입니까? 혹시 매직 아이템입니까?"

랜드폴이 놀란 얼굴로 달려오더니 그렇게 말하면서 가온과 화살통에 꽂혀 있는 화살을 번갈아 보았다.

"통짜 철로 만들었을 뿐 보통 화살입니다."

가온은 화살통을 내보이며 그렇게 대답했다.

'이곳에는 이런 종류의 아이템이 있군.'

생각보다 인챈트 마법이 발달한 세상인 것 같다.

"하아. 그럼 대체 왜 화살이 폭발한 겁니까?"

랜드폴은 가온이 내민 화살을 살펴보더니 더욱 이상해진 얼굴로 물었다.

"내가 익힌 궁술의 비기입니다."

"하아! 궁술이라고 무시할 바가 아니로군요. 이런 신묘한 궁술은 처음 봅니다."

어느새 다가온 베릿이 공손해진 태도로 감탄했다.

"혹시 화살 안에 특별한 마나를 주입한 겁니까?"

그래도 검기를 사용하는 익스퍼트 중급답게 대충은 짐작하는 것 같은데 태도가 확 바뀌는 것을 보면 위험한 세상인 만큼 강자에 대한 예우가 높은 모양이다.

"서로 상극인 마나를 주입하는 것이 비기의 핵심입니다."

"화살을 연사하는 속도로 보아 마나 운용력도 그만큼 대단하다는 얘기라는 것인데 참으로 대단합니다!"

베릿은 진심으로 탄복한 얼굴이었다.

"감사합니다. 온 님이 아니었으면 큰일이 날 뻔했습니다."

뒤늦게 구함을 받았다는 사실을 깨달은 랜드폴이 진심을 담아서 인사를 해 왔다. 그러자 베릿 역시 자세를 바로 하고 허리를 깊숙이 숙였다.

"감사합니다. 블랙독의 공격을 받았다면 저희 용병단원들은 대부분 죽고 의뢰도 실패했을 겁니다."

"별말씀을. 나 역시 블랙독의 목표였습니다. 게다가 길에서 만나면 모두 친구라지 않습니까. 친구를 도운 것이라고 생각해 주십시오."

"하하핫! 친구라니 참으로 좋은 표현입니다!"

"온 님이 위험을 물리치셨으니 가죽 벗기는 일은 저희가 하도록 하겠습니다."

대번에 분위기가 확 풀렸다.

블랙독의 가죽은 아주 질겨서 가공하기가 어렵지만 그만큼 방어구의 재료로 큰 인기를 가지고 있어서 돈이 된다고 했다.

이 세상에 대한 정보를 얘기해 주는 것은 좋은데 랜드폴은 굉장한 투머치토커였다. 상행이 다시 출발했을 때 그의 옆에 앉은 가온은 질문 하나를 하고 거의 30분 이상 듣기만 한 것이다.

물론 그 덕분에 이 세상에 대해서 좀 더 심층적으로 알게 되었기에 참고 들을 가치는 충분했지만 말이다.

그런데 뜻밖에도 가온이 관심을 가질 수밖에 없는 내용도 있었다.

"영인족(靈人族)도 있다니 세상은 정말 넓군요."

랜드폴의 말에 따르면 이 아이테르 차원에는 수많은 종류의 인류가 존재하고 있으며, 그중 가장 신기한 존재는 바로 눈에 보이지 않는 영체를 가진 영인족이었다.

가온은 이 행성 혹은 차원의 이름도 그렇고 눈으로 쉽게 보이지 않는 영체를 가진 영인족의 존재가 너무 궁금했다.

"하하하. 그들은 정말 신기하지요. 연기처럼 보이는 육체를 가지고 있지만, 영적 능력은 세상에 존재하는 모든 종족을 초월하니까요."

"영적 능력이라면 영혼의 힘과 연관이 있는 겁니까?"

"당연히 영혼의 힘이 포함되지만 그들은 마법의 조종입니다. 혹자는 그들이 드래곤에게 마법을 가르쳐 주었다고도 합니다."

"영인족이 마법을 창시했다고요?"

"네. 세상에는 그렇게 알려져 있습니다. 고대 문명이 던전에서 쏟아져 나온 마수와 몬스터에게 멸망한 직후 지금 우리가 사는 안전한 도시 대부분을 그들이 건설했다고도 합니다. 지금도 도시의 많은 지배자들이 그들의 피를 이은 후손들이고요."

"그게 사실이라면 정말 대단하네요."

"하지만 영인족은 더 이상 볼 수 없습니다."

"왜요?"

"자신들의 능력으로 우리 차원의 위기를 해결할 수 없어 다른 차원으로 간다는 말을 남기고 사라졌답니다."

“다른 차원으로요?”

영인족이 마법을 창시했다는 말은 믿지 않았기에 별다른 충격은 받지 않았지만 이어진 내용에는 경악할 수밖에 없었다.

“네. 영인족이 더 이상 세상에 나타나지 않은 것이 무려 500년이 넘었습니다.”

“그들에게 차원을 여행할 수 있는 능력이 진짜 있었을까요?”

아직 영인족에 대해 아는 것은 피상적인 부분밖에 없지만 그런 인류가 존재한다고는 믿어지지 않았다.

“그렇게 주장하는 이들은 있지만 확실한 것은 아닙니다. 전설처럼 내려오는 얘기일 뿐이지요.”

“혹시 그들에 대한 다른 놀라운 얘기도 있습니까?”

“있습니다. 그들은 다른 차원의 지적인 존재들과 소통할 수 있었을 뿐 아니라 수많은 차원의 신들과 협력해서 모든 차원이 공유할 수 있는 신기한 정보망을 만들고 운영하고 있다는 말은 상단주께서 술에 취했을 때 짧게 들었습니다.”

가온은 랜드폴의 말을 듣는 순간 왜인지는 알 수 없지만 ‘갓상점’을 떠올렸다.

하지만 랜드폴이 영인족에 대해서 아는 건 그것이 전부였다.

“만일 영인족에 대한 얘기가 모두 사실이라면 그들은 정말 강한 인류애를 가진 진정한 위인들이겠군요."

"맞습니다. 그들은 그런 고귀한 이상과 그 이상을 실현할 능력을 가지고 있어 지금도 모든 인류에게 추앙을 받고 있습니다."

"그들은 보통의 인류와 완전히 다른 존재였습니까?"

"그런 건 아닙니다. 영인족은 아주 오래전부터 우리 세상의 수호자였습니다. 다른 차원의 일부가 우리 세상과 융합해서 나타난 던전의 정체를 밝힌 것도 그들이었고, 던전을 어떻게 공략해야 하는지, 공략한 던전의 부산물을 어떻게 이용해야 할지 등도 그들이 알려 주었지요. 예를 들어 마정석을 어떻게 가공해서 에너지로 사용하는지에 대한 내용도 그들이 알려 주었습니다."

만약 랜드폴의 말이 사실이라면 그들은 정말 이 아이테르 차원의 수호자가 맞을 것이다. 그들이 아니었다면 이곳 사람들은 던전의 정체는 당연히 몰랐을 것이고 던전을 공략할 힘도 없었을 테니 말이다.

가온은 랜드폴과의 대화를 통해서 이번 의뢰의 핵심이 되는 키를 가지고 있는 존재가 영인족이라는 사실을 확신했다.

영인족에 대한 얘기는 그게 전부가 아니었다.

"영인족은 처음부터 영체화된 존재가 아닙니다. 영체화에 성공한 인류를 영인족으로 부르는 거지요."

"그럼 다양한 종족이 영체화를 통해서 영인족이 된 겁니까?"

"그렇다고 알려졌습니다. 그 과정에 관련된 얘기도 있습니다. 던전의 숫자가 급증해서 인류가 멸망 직전까지 몰린 고대의 어느 한때 영체화를 할 수 있는 스킬이 개발되어 수많은 인간들이 도전을 했다고 합니다. 영체가 되면 늙지도 병들지도 죽지도 않으며 지고한 수준의 깨달음을 얻을 수 있으며 던전으로 인한 위험을 해결할 수 있는 능력을 얻을 수 있다고 하니 그 당시에 스스로 강자라고 하는 존재들은 모두 도전한 거지요."

"극소수만 영체화에 성공한 거군요."

"맞습니다. 영체화에 성공한 이들의 숫자가 얼마나 되는지 전혀 알려지지 않았지만 고결한 영혼과 강인한 정신력을 가진 이들이 영인(靈人)이 되었다고 합니다. 그리고 영체화에 성공한 이들은 속속 등장하는 던전에서 쏟아져 나오는 마수와 몬스터로 인해서 죽어 가는 인간들을 위해서 그 당시의 주술을 집대성해서 마법을 만들어 내는 위대한 업적을 세웠다고 합니다."

참으로 흥미로운 얘기였지만 한 가지 의문이 생겼다.

"본래 그들이 강자라고 하셨지요?"

"맞습니다. 그 당시에 내로라하는 강자들이 모두 도전했다고 했습니다."

"그럼 영체화에 성공했으면 그들이 직접 던전을 공략하거나 던전 브레이크로 인해 쏟아져 나온 마수와 몬스터를 처치하면 되는 거 아닙니까?"

"하하하. 그 부분은 제가 알고 있습니다."

갑자기 끼어든 목소리의 주인공은 베릿이었다. 뿔이 난 거대한 말을 탄 그는 상행의 앞뒤를 주기적으로 이동하면서 주위를 살피고 있다가 두 사람의 얘기를 들은 것이다.

"영체화를 하면 늙거나 병들지 않고 영원에 가까운 수명을 가지게 되지만 물리적인 육신이 없기 때문에 염력처럼 영력 혹은 혼력만 쓸 수 있다고 합니다. 그래서 그들은 영체화 과정에서 비약적으로 높아진 지적 능력을 통해서 인류에게 도움이 될 지식과 스킬을 만들어서 널리 퍼트렸습니다."

베릿은 영인족에 대한 얘기를 확실치 않다고 생각하는 랜드폴과 달리 굳게 믿는 것 같았다.

"그것들이 바로 마법이군요?"

"그렇습니다. 영인족은 마법은 물론 다양한 매직 아이템과 마법진을 만들어서 당시의 인류가 제한된 곳이지만 안전하게 살 수 있도록 만들어 주었습니다. 거기에 전사들을 위해서도 르테인을 효과적으로 활용하는 방법을 만들어서 널리 알려 주었지요."

"잠, 잠깐! 지금 르테인이라고 했습니까?"

베릿의 얘기를 듣던 가온은 자신이 잘못 들은 것은 아닌지 확인을 했다.

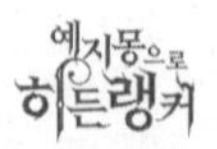

"네, 맞습니다. 아까 온 님도 르테인을 활용해서 폭발하는 화살을 쓴 거 아닙니까?"

"아! 맞기는 한데 저는 마나라고 알고 있습니다만."

"그렇게 말하기도 하지요. 전사들이 쓰는 르테인이 마나, 마법사가 쓰는 르테인은 마력, 정령사가 쓰는 르테인은 정령력으로 부르긴 하지만 인간을 초월하는 힘의 근원을 통칭해서 르테인이라고 부릅니다."

가온이 이제까지 인간의 발길이 닿지 않는 오지에서 살아왔다는 말이 생각이 났는지 베릿이 상세하게 설명을 해 주었다.

가온은 당장이라도 벼리에게 확인하고 싶은 것들이 있었지만 꾹 참았다. 르테인도 르테인지만 영인족에 대한 호기심이 더욱 컸기 때문이다.

"아무튼 영인족은 우리 인류를 위해 많은 것을 남겼지만 후예들이 부족해서 그들의 위대한 유산을 제대로 활용하지 못하고 있을 뿐입니다. 그들이 세상을 떠나기 전에 남긴 말이 맞는다면 곧 우주의 강자들이 우리 세상으로 건너와서 결국 오래전 그때처럼 평화롭고 안전해질 것이고 온 우주 역시 그렇게 될 겁니다."

"남긴 말이 있다고요?"

"그렇습니다. 영인족은 우리 세상이 우주의 중심은 아니지만 변화의 중심핵이라고 했습니다. 그리고 우리 세상뿐 아니라 우주 전체가 소멸될 위기에 봉착했으며 위기를 해결하기 위해서는 수많은 차원의 강자들을 변화의 중심핵인 우리 세상으로 데리고 와서 문제를 해결하게 해야 한다고 했습니다. 다른 차원에서 건너오는 강자들을 돕기 위해서 우주 전체를 관통하는 특별한 정보망을 만들었으며 그동안 버틸 수 있도록 우리에게 마법과 관련된 지식과 기술을 남겼지요. 그렇게 모든 것을 예비한 후 영인족은 소멸의 위험을 감수하고 기꺼이 차원 순례에 나섰습니다."

그 말을 듣는 순간 가온은 머릿속이 아주 맑아지는 것을 느낄 수 있었다.

'그렇다면 어나더 문두스 역시 이 아이테르 차원의 영인족이 깊이 관여가 되었겠네.'

머릿속에 대충 그려지는 시나리오가 있었다.

아이테르 차원의 영인족 한 명이 지구로 차원 이동을 해서 세이뷰어 컴퍼니에 지분 참여를 한 16개국의 지도자들에게 우주의 위기를 알린 것은 아닐까?

아이테르와 아르테미라는 이름도 비슷했다.

'만약 아이테르와 아르테미가 실제로는 같은 이름이라면 아르테미인들이 말한 범우주적인 위기가 사실임을 증명하는 과정을 거쳐서 어나더 문두스가 개발이 된 거야!'

그 과정에서 지구의 위기를 해결하고 나중에 아르테미 차원으로 건너와서 활약할 이들, 즉, 초랭커들이 선발되었을 것이다.

그리고 어나더 문두스와 그 가상현실 게임을 위한 세이뷰어라는 슈퍼컴과 초랭커들을 위한 특별한 캡슐도 아마 아르테미인의 도움을 받아서 만들어졌을 것이다.

물론 벼리는 그 과정에서 아주 우연하게 나타난 이레귤러이며 자신 역시 마찬가지다.

그래도 이해가 가지 않는 부분이 없는 건 아니었다.

'아무리 아르테미인들이 마법을 창시한 존재들이라고 해도 지구의 과학을 수십 세대나 앞선 역량이나 지식이 과연 있을까?'

하지만 방금 떠올린 가설이 맞는다면 자신이 현재 아르테미 차원에 건너오게 된 일련의 과정에 아르테미 차원의 영인족이 깊숙하게 개입되어 있을 것이다.

'영인족을 만나면 내 의뢰를 어떻게 수행해야 할지 확실하게 알 수 있을 텐데.'

아쉽게도 이곳 아이테르 차원의 영인족은 모두 사라졌다. 그게 아니라면 거의 500년이나 모습을 드러내지 않을 리가 없었다.

무엇보다 그들 중 한 명이라도 있었다면 아이테르의 현 인류가 이렇게 좁고 작은 도시에만 숨어 사는 일은 없었을 것이다.

그들 중 한 명이라도 구심점이 되어 수많은 인류를 규합해서 힘을 모은다면 마수와 몬스터의 위협을 극복하는 것까지는 아니더라도 상당한 넓이의 안전지대를 만들 수 있었을 테니까.

아무튼 가온은 현시점에서 지구인 중 그 누구도 모르는 비밀을 알게 된 것 같아서 기분이 좀 이상했지만 의뢰에 집중했다.

“그럼 혹시 영인족의 후예는 없습니까?”

가온은 자신의 설명에 감명을 받은 것 같은 모습에 뿌듯해하고 있는 베릿에게 다시 질문을 했다.

“영체화 스킬에 대한 내용은 실전된 상태라서 당연히 영인은 더 이상 탄생하지 않았습니다.”

“아니, 영인이 아니라 그들의 지식이나 스킬을 가장 많이 계승한 존재를 말하는 겁니다.”

“그런 존재라면 마탑주들인데, 만나는 건 불가능에 가깝습니다.”

생각해 보니 마탑이 있었다. 어느 세상이든 지식의 보고일 수밖에 없는.

“베릿 경의 말대로 마탑주라면 영인들이 남긴 지식에 가장 가깝게 접근한 이들이니 후예라는 단어에 적합한 존재들이 맞습니다. 그리고 마탑주들을 만나는 것은 불가능에 가깝다고 했지 불가능한 것은 아닙니다.”

이번에는 랜드폴이 끼어들었다.

"이 자리에서 밝히긴 어렵지만 제 고향에 큰 문제가 생겼습니다. 그래서 문제를 해결하기 위해서 반드시 마탑주를 만나야 할 것 같은데 방법이 있습니까?"

가온은 랜드폴의 대답 내용에 따라서 이번 의뢰를 얼마나 빨리 완수할 수 있을지가 결정될 거라는 강력한 확신을 가지고 그렇게 물었다.

"그렇게 강력한 무력을 지녔으니 시티를 대표해서 나온 거군요."

베릿과 랜드폴은 이제야 이해했다는 얼굴이 되었다.

"마탑에서는 주기적으로 용병 길드를 포함한 여러 길드를 대상으로 의뢰를 합니다. 그중에는 한빙초나 화염초를 구해오는 의뢰도 있지만 사냥이 불가능한 아이테르 터틀과 같은 영물을 사냥하는 의뢰도 있습니다. 그렇게 불가능에 가까운 의뢰를 완수하면 마탑으로 초대가 되고 마탑주와 독대할 수 있다고 합니다."

"그럼 혹시 현자라는 존재도 있습니까?"

가온은 경험해 본 게임 중에서 중요한 정보를 쥐고 있는 존재인 현자가 이곳에도 있는지 궁금했다.

"현자요? 그런 단어는 처음 듣는데요."

대답을 한 랜드폴은 물론 베릿도 처음 듣는다는 얼굴이다.

"그럼 학자는요?"

"학자들이야 많지요."

"그럼 혹시 차원 융합과 관련된 사건들을 연구하는 학자들도 있습니까?"

"있기는 할 테지만 그쪽은 제가 잘 몰라서……."

베릿도 입을 다물고 있는 것을 보면 잘 모르는 모양이다.

'그럼 일단 마탑주를 만나서 물어보는 것이 최선이겠네.'

그렇게 마음을 정한 가온은 아까 랜드폴이 말한 내용을 떠올리며 방법을 찾았다.

"아이테르 터틀이 대체 뭡니까? 거북인 것 같은데……."

이 행성 혹은 차원의 이름이 붙여졌다는 것은 그 정도로 중요하거나 상징적인 동물이라는 의미일 것이다.

"거북이 맞습니다. 아이테르에서 가장 큰 동물이자 마수로 전 세계에서 가장 강력한 위세를 떨치고 있는 아이테르 상단이 보유한 최고의 수송 수단입니다. 들리는 말로는 생체 보호막이 얼마나 강력한지 오러블레이드가 아니면 죽일 수 없다고 합니다."

"얼마나 큽니까?"

얼마나 크기에 수송용으로 사용하는 것일까? 아니, 일반적으로 거북이라면 너무 느려서 수송용으로는 사용할 수 없는 건 아닐까?

"저도 딱 한 번 본 적이 있는데 우리 마차를 끄는 가우르의 대략 백 배 정도라고 생각하면 됩니다. 아이테르 상단은 그 녀석의 등딱지 위에 거대한 건물을 올린 상태로 세상을 돌아다니면서 장사를 하지요. 녀석의 등딱지는 그 어떤 마수의 이빨이나 발톱도 들어가지 않고 강철보다 더 단단한 머리로 들이박아서 포로 만드는 강력한 차징 공격을 합니다. 오우거도 놈에게 한 번 받히면 그대로 짜부라집니다."

상상만으로도 대단했다. 박치기가 가능하다는 것은 속도까지 빠르다는 것을 의미했다.

'이 세계는 그런 괴물이어야만 상행의 안전을 담보할 수 있구나.'

새삼 이곳이 얼마나 위험한 세상인지 알 수 있었다.

"세상에는 그런 괴물들이 많습니까?"

"당연히 많지요. 아이테르 터틀과 달리 길들일 수 없는 놈들이 대부분이라서 위험하기 그지없지만 말입니다. 익스퍼트급 실력자들도 소수로는 위험해서 시티 밖을 나서는 경우가 거의 없을 정도니까요."

가온은 그 말을 들으면서 위험하다고는 생각하지 않았다. 테이밍 스킬을 익히면 되니 말이다.

자신에게 귀속시키는 것이 아니라 다른 사람들이 부릴 수 있도록 만들려면 등급이 높은 테이밍 스킬을 익혀야 할 텐데 포인트가 문제다.

'이놈의 갓상점은 기초나 기본 등급이 아니면 황당할 정도로 많은 포인트를 요구하니까.'

아무리 갓상점이 있다고 해도 자신처럼 최초 타이틀을 많이 얻지 않았다면 지금과 같은 실력이나 포인트를 보유하지 못했을 것이다. 그만큼 갓상점에서 판매하는 스킬은 무지막지하게 비쌌다.

'그래도 시간이 날 때 검색을 해 봐야겠네.'

아무튼 마탑주를 만난다면 차원 의뢰를 보다 쉽게 풀어 갈 수 있을 것이다.

"그런데 마탑의 의뢰를 받으려면 용병이나 전사 혹은 모험가가 되어야 합니다."

베릿도 이제 가온이 오랫동안 고립이 된 곳에서 나왔다는 사실을 알고 있기에 그런 사실을 자세하게 알려 주었다.

"용병과 전사는 어떤 차이가 있습니까?"

"큰 차이는 없습니다. 용병은 모든 일을 취급하지만 전사는 시티에 소속되어 요인 호위나 토벌 그리고 전쟁과 관련된 의뢰만 받을 수 있다는 점이 유일한 차이라고 할 수 있지요."

전사에 대해서 설명을 할 때 베릿의 얼굴이 미세하게 일그러지고 목소리에 힘이 들어가는 것을 보면 전사에 대해서 별로 안 좋은 감정을 가지고 있는 것 같았다.

"마탑주와 만나려면 용병으로 활동하는 편이 낫겠군요."

"하하하! 그렇지요. 전사라고 해 봐야 시티의 인증시험에 합격했다는 이유로 빼기지만 실상은 우리와 똑같이 돈을 벌기 위해서 목숨을 거는 무리일 뿐입니다!"

베릿의 목소리가 커지는 것을 보면 전사들이 평소에 용병들을 무시하는 모양인데 가온에게는 별 감흥이 없었다.

'이곳에서 평생 살 것도 아니고.'

가온은 베릿과 랜드폴부터 용병 시스템 등 이 세계의 상식들을 들으면서 앞으로 어떻게 의뢰를 수행해야 할지 대충 결정할 수 있었다.

상행은 3시간 정도 작은 산을 오르내리며 힘들게 이동을 한 끝에 길과 인접한 공터에 도착했다. 샘물이 없을 뿐 지난번 공터와 비슷한 곳이었는데, 주위가 멀리까지 훤히 보이는 개활지였다.

"후유!"

"이제 마지막 구간만 지나면 끝이야!"

여기까지 오는 동안 잔뜩 긴장한 모습으로 마차를 지키며 이동했던 에스림 용병단원들은 안도의 숨을 내쉬었다.

"랜드폴 씨, 방금 지나온 구간이 위험했습니까?"

지금과 이전의 공터에 도착했을 때의 용병들 태도가 완전히 다른 것 같았다.

"미론과 알펜 사이의 땅에서 다크퓨마가 가장 빈번하게 나타나는 곳입니다."

"다크퓨마는 마수입니까?"

"퓨마가 르테인에 오염되어 변이가 된 종인데 보통 중급 마수로 분류합니다. 르테인 스톤도 중급이고요."

마정석을 이곳에서는 르테인 스톤이라고 부르기도 했다.

'르테인이 마나보다 더 포괄적인 단어이긴 한데 자꾸 헷갈리네. 이거 어떻게 안 되나?'

"보통 몇 마리나 출현합니까?"

랜드폴이나 베릿은 자신이 이곳의 공용어를 구사한다고 여기지만 실은 한국어로 얘기하는 것이 번역이 되어 입에서 나가고 한국어로 번역이 되어 귀에 들어오는 것이다. 그래서 국어에 맞게 단어가 변환되는데 르테인은 그렇지가 않았다.

그런데 마치 시스템이 그의 생각을 알아채기라도 한 것처럼 랜드폴의 다음 얘기에서는 르테인이 마나라는 단어로 바뀌었다.

"다크퓨마는 가족 단위로 생활하기 때문에 많아도 독립 직전의 새끼까지 포함해도 다섯 마리가 넘지 않습니다. 하지만 놈들은 놀랄 만큼 영악하고 주로 그늘과 어둠에 동화한 상태에서 기습을 하기 때문에 산이나 숲에서는 아주 위험합니다."

그러고 보니 지나온 구간은 낮은 산들이 이어졌고 숲이 울창했었다.

"그래도 에스림 용병단이라면 기습만 아니라면 다섯 마리까지는 충분히 처리할 수 있습니다. 블랙독이 나타날 줄은 상상도 못 했지만 말입니다."

그러고 보니 랜드폴이 블랙독의 부산물을 처리해 주기로

했었다.

“블랙독은 마수는 아니지만 방호력이 뛰어난 가죽을 가진 데다가 무리를 이루었고 성정이 아주 포악하고 잔인해서 다크퓨마들도 상대하길 꺼리는 놈들입니다. 아마 놈들이 이 근처에 자리를 잡는 바람에 다크퓨마가 멀리 떠난 것 같습니다.”

“그렇군요.”

“알펜까지는 오늘 밤이 되기 전에 도착할 수 있을 것 같은데 안심해도 되는 구간입니다. 앞으로는 개활지와 황무지가 이어지기 때문에 기껏해야 설치류에 해당하는 마수나 몬스터밖에 안 나오니까요.”

그렇게 말하는 랜드폴은 물론이고 에스림 용병단원들도 이제는 곤두세웠던 긴장감을 누그러뜨렸지만 가온은 쓴웃음을 지었다.

알펜 시티

쓴웃음을 지은 이유가 있었다. 혹시 몰라서 정찰을 부탁해 놓은 카오스에게 의념이 들어온 것이다.

－현재 위치에서 11시 방향에 검은색의 퓨마들이 풀 사이로 접근하고 있어!

방금까지 들었던 다크퓨마가 틀림없었다. 11시 방향은 개활지 쪽이 아니라 숲의 끝부분으로 유난히 가지와 잎이 무성한 나무들이 자라고 있었다.

무엇보다 그쪽이 그늘이라서 당장 말과 마부며 용병 모두가 그쪽에 앉아서 이런저런 잡담을 나누고 있었다.

'아직 거리가 있어!'

놈들이 기습이 전문이라면 가온은 그 이상으로 대접을 해 줄 수 있었다.

“잠깐 볼일 좀 보고 오겠습니다.”

“아! 그렇게 하십시오. 큰 거 볼 때 조심하십시오. 숲에는 위험한 것들 천지이니까요.”

“그렇게 하겠습니다.”

가온은 랜드폴의 우려 섞인 당부를 뒤로하고 숲으로 들어갔다. 그리고 나무 위로 올라가서 소리 없이 빠르게 다크퓨마들이 접근하는 방향으로 이동했다.

거리가 가까웠기 때문에 다크퓨마들은 금방 발견할 수 있었다. 암수 한 쌍에 거의 다 자란 새끼 두 마리였다.

‘정말 소리 없이 움직이네.’

나무 사이의 우거진 긴 풀 사이로 이동하는 다크퓨마는 아무런 소리도 내지 않았다. 이렇게 움직여서 사람들이 쉬고 있는 그늘을 만들고 있는 나무 위로 올라가서 아래로 뛰어내려 목을 문다면 아무리 마나를 운용할 수 있는 실력이라면 당할 가능성이 높았다.

물론 다른 이들이 가만히 두고 보고 있지만은 않을 테지만 공격을 당한 사람은 치명상 혹은 중상을 입을 수밖에 없었다. 생체보호막으로 보아서 이놈들도 본능적으로 마나를 사용하는 것 같으니 말이다.

이쪽에서 먼저 발견했으니 기습은 이쪽의 몫이다.

‘저런 놈들이야 껌이지.’

가온의 손이 놈들을 향해 쭉 펴졌는데 소지를 제외한 네 손가락의 끝부분에 금방 붉은 구슬이 나타났다. 그리고 네 줄기의 붉은 선이 허공에 그어졌다가 사라졌다.

이번에는 파육음조차 없었다. 너무 빠르기도 했지만 마나탄의 위력이 그만큼 더 강해진 것이다.

몇 걸음 더 움직이다가 눈을 까뒤집으며 쓰러지고 있는 다크퓨마들의 이마에는 콩알 크기의 구멍이 생겼는데 강렬한 화기로 인해서 피조차 흘러나오지 않았다. 대신 가죽과 뼈를 뚫고 들어간 마나탄의 화기에 뇌가 통째로 익어 버렸다.

너무 강렬한 화기였기 때문에 다크퓨마들은 신음도 지르지 못하고 죽은 것이다.

가온은 가볍게 나무 아래로 내려가서 파워 드레인 스킬을 펼친 후 암수 한 쌍의 사체를 양어깨에 걸치고 숲을 빠져나왔다.

"크어억!"

"다, 다크퓨마!"

그늘에서 쉬고 있던 용병들과 마부 그리고 상단 직원들은 가온의 어깨에 걸쳐진 거대한 검은 생물체를 보고 경악해서 비명을 지르며 뒷걸음질 치거나 긴장한 얼굴로 무기를 빼 들었다.

하지만 곧 다크퓨마가 움직이지 않는다는 사실을 깨닫고 조심스럽게 가온을 향해 다가왔다.

"정말 다크퓨마야!"

"세상에!"

볼일을 보겠다고 조금 전에 숲에 들어간 사람이 수많은 사람의 생명을 빼앗은 다크퓨마들을 죽여서 어깨에 두 마리를 걸치고 나왔으니 경악할 수밖에 없었다.

"조금 안쪽으로 들어가면 다 자란 새끼 두 마리가 더 있습니다."

"뭐 하나? 당장 들어가서 챙겨 와!"

가장 먼저 정신을 차린 베릿의 명령에 용병들이 뭉쳐서 숲으로 들어갔다.

"왜 상처가 안 보이지? 대체 어떻게 이놈들을 사냥하신 겁니까?"

그렇게 묻는 베릿의 태도는 아주 공손했다. 그도 그럴 것이 그 역시 가온이 숲으로 들어가는 것을 봤다.

그런데 불과 차 한 잔 마실 정도로 짧은 시간에 다크퓨마 네 마리를 사냥했으니 가온이 세상에 나온 지 얼마 되지는 않아도 얼마나 가공할 능력을 가졌는지는 충분히 짐작할 수 있었기 때문이다.

전사들도 그렇지만 용병들에게 있어 서열을 정하는 가장 중요한 요소는 바로 강한 무력이다. 거기에 다크퓨마는 블랙독과는 비교할 수 없는 마수이니 태도가 더욱 공손해질 수밖에 없었다.

한편 랜드폴은 이제야 겨우 정신을 차릴 수 있었는데 자신도 모르게 입이 귀에 걸렸다.

'대박! 최소한 골드급이다! 이렇게 대단한 강자와 동행하게 되다니 이런 행운이 있을까!'

마침 상행을 떠나기 직전에 일이 생기는 바람에 무력이 뛰어난 전사나 용병이 씨가 말라서 할 수 없이 경력이나 실력 면에서 좀 떨어지는 에스림 용병단을 고용했다.

에스림 용병단만으로는 불안한 전력이라서 내내 불안했는데 세상을 나온 지 얼마 안 되는 가온을 만나고 나서는 일이 너무 잘 풀렸다.

거기에 가온에게 슬쩍 운을 띄워 봤는데 마정석은 따로 가지고 있겠다고 했지만, 가죽들은 자신이 맡아서 판매해도 된다고 했다. 블랙독도 그렇게 다크퓨마의 가죽은 상태가 좋아서 굉장히 높은 가격으로 판매할 수 있어 수수료만 받아도 꽤 많을 것 같았다.

'재물의 신이 나를 가호해 주시는 거야!'

그러지 않고서는 말이 안 되는 상황이다. 우연히 동행하게 된 가온의 겉모습은 성인식을 치른 직후로 보였지만 실제로는 엄청난 강자인 것이다.

그런 강자를 보수도 없이 고용한 것이나 다름없는 상황이니 신의 가호를 받는 것이나 다름없는 행운이었다.

상행은 3시간을 더 이동해서 해가 지기 직전에야 간신히 목적지인 알펜 시티에 도착했다.

'이게 도시?'

가장 처음 들은 감상은 거대하다는 것이다.

그럴 수밖에 없는 것이 화강암으로 추정되는 단단한 암석을 네모반듯하게 잘라서 쌓은 성벽의 높이만 무려 20미터에 달했다.

어떤 기술이 적용되었는지 모르겠지만 수직이 아니라 위로 올라가면서 바깥쪽으로 나오게 쌓은 성벽의 표면도 매우 매끄러웠고 돌의 이음새도 거의 드러나지 않아서 마수들도 쉽게 오를 수 없었다.

그렇게 높은 성벽 위에는 기계식 거대 석궁과 마나포로 추정되는 무기들이 일정한 간격마다 거치되어 있었고 제대로 무장한 병사들이 순찰을 돌고 있었다.

거기에 마법진으로 추정되는 기이한 문양이 성벽 곳곳에 새겨져 있어 성벽의 방호력을 짐작할 수 있었다.

'그만큼 마수와 몬스터의 침입이 잦고 세도 강력하다는 증거겠지.'

대신 성문의 출입 절차는 복잡하지 않았다. 이름과 방문 목적만 기재하면 그뿐 신분패조차 검사하지 않는 것이다.

'인간은 위험 요인이 아니라는 건가?'

그럴 수도 있었다. 이렇게 도시 사이의 거리가 멀고 위험

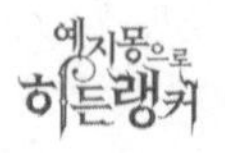

한 마수와 몬스터가 들끓는다면 도시 간에 전쟁도 일어날 일이 거의 없으니 말이다.

게다가 이곳까지 오는 동안 추가로 들은 바에 따르면 어지간한 도시의 지배자, 시장 혹은 성주로 불리는 자들은 영인족의 피를 이은 경우가 대다수인데, 지구와 달리 피에 담긴 유전 정보가 강해서 그런지 태어날 때부터 굉장한 능력을 가지고 있어 대를 이어 성시(城市)를 지배해 왔다.

지배층이 공고해졌기 때문에 신분제 역시 견고해서 수직 이동은 어려웠지만 노예 계급은 따로 없고 귀족 신분은 보통 한 명에게만 계승되기에 어떤 면에서는 사회 체제가 굉장히 안정적이었다.

그렇게 성안으로 들어간 가온은 놀라움을 감추지 못했다.

'정말 규모가 엄청나네!'

알펜 시티는 내성과 외성으로 분리가 되어 있었는데 멀리 보이는 내성 벽까지의 거리만 해도 무려 30킬로미터는 될 것 같았다.

넓은 외성 지역은 네 개의 섹터로 나뉘어 있었는데 내성의 경계에서부터 각각의 섹터들이 동심원을 그리고 있었다.

랜드폴에게 들은 바로는 네 개의 섹터는 내성과 붙어 있는 순서대로 주거 지구, 상업 지구, 산업 지구, 농경지 및 목초 지구였다.

그래서 지금 가온의 눈에 가장 먼저 보이는 광경은 아직

익지 않아서 푸른 바다처럼 보이는 밀밭과 다양한 종류의 가축이 풀을 뜯어 먹고 있는 목초지였다.

그런데 거대한 건물들이 몰려 있는 산업 지구나 멀리 보이는 상업지구나 주거지역의 건물이 하나같이 3층 이상으로 길도 넓고 반듯해서 이곳의 경제력을 짐작할 수 있었다.

'생각보다 큰 도시네. 이곳 알펜 시티가 중간 규모라고 했는데 인구가 30만이 넘는다고 했지.'

지구의 도시와는 비교할 수 없지만 탄 차원과 비교하면 인구밀도가 굉장히 높은 편이다.

해자로 둘러싸인 내성에는 관공서를 비롯해서 아카데미, 마탑, 전사의 전당, 상단 본부, 공방 등의 중요 시설과 중산층 이상이 사는 주거지역이 있다고 했는데, 출입을 위해서는 확실한 신분패가 필요하다고 했다.

'시티 마탑과 도서관도 있다고 했으니 꼭 내성 안으로 들어가야 할 텐데…….'

물론 방법은 이미 찾아두었다. 내성과 관련된 직업을 구하는 것이 아니라면 용병부터 시작해서 상인, 장인 등 다양한 직업 길드에 적을 두고 활동을 해서 중간 이상의 계급에 해당하는 신분패를 받으면 된다.

용병의 등급은 우드, 아이언, 브론즈, 실버, 골드, 플래티넘, 다이아몬드로 구분되어 있고 각 등급에서도 1급, 2급, 3급으로 나뉘어 있었다.

'최소한 브론즈패는 받아야 한다고 했지.'

브론즈급 용병이 되어야만 내성에 들어갈 수 있었다.

다만 시티에 따라서 타 시티에서 발행한 신분패를 인정하지 않는 경우가 많아서 이른바 지역구나 전국구에 해당하는 유명세를 가진 경우가 아니라면 개인은 물론 용병대나 용병단도 다른 시티에서는 활동하기가 어려웠다.

워낙 도시가 크고 도시 간 거리가 멀기 때문에 굳이 여러 도시를 이동하면서 활동할 필요가 없기도 했지만 도시 사이의 공간은 마수와 몬스터의 세상이라고 해도 무방할 정도로 위험해서 상단들을 제외하면 인적이 거의 없다고 했다.

'신분패부터 얻자!'

가장 쉬운 방법은 용병으로 등록하는 것이다.

'문제는 경력을 중요시하는 용병 시스템이 완전히 정착된 상태라서 무력이 높다고 해서 바로 높은 등급의 신분패를 얻을 수 없다는 것인데…….'

아무리 시간 비가 100배 느리게 흐른다고 해도 이곳에서 몇 년씩 지내고 싶지는 않았다.

'일단 더 알아보고 움직이자.'

이 세상에 정보 길드가 따로 없다는 것이 무척 아쉬웠다.

랜드폴이 이끄는 상행의 마차 세 대는 도리아 상단 지부로, 베릿 일행은 용병 길드로 향했다.

혼자 남은 가온이지만 갈 곳은 있었다. 랜드폴과 베릿이 소개를 해 준 여관이었다. 그곳에서 기다리면 내일 정오 무렵에 랜드폴이 찾아오기로 했다.

이 세계의 화폐는 금본위로 길티라는 금화가 가장 높은 단위였는데, 가온에게는 골드, 실버, 브론즈로 번역이 되어 들렸다. 금과 은 그리고 동은 대부분의 차원에서 인간들이 공통적으로 화폐로 사용하는 것 같았다.

랜드폴은 블랙독과 다크퓨마의 가죽을 처리해 주겠다고 가져갔는데 내일 정산을 해 주기로 하고 선금으로 100골드를 주었다.

'물가 수준이 어떨지 모르겠네.'

이렇게 고립된 도시라면 규모가 크더라도 물가가 높을 것 같은데 직접 경험을 해 봐야 알 수 있을 것 같았다.

랜드폴과 베릿이 소개해 준 여관은 두 채의 건물로 구성되어 있었는데, 하나는 숙박동이었고 다른 하나는 식당으로 이어지는 통로가 따로 있었다.

가온은 일단 방부터 잡기로 했다.

"일주일을 묵고 싶습니다."

"특실 21골드, 상급실 7골드, 중급실 2골드 50실버, 보통실 1골드요."

접수대에 앉아 있는 통통한 몸매의 중년인이 무심한 어조로 대답했다.

시설 차이는 알 수 없지만 가온은 상급실을 선택했다. 밤에는 아니테라로 넘어가겠지만 그래도 제대로 쉬고 싶었기 때문이다.

"203호입니다! 식사는 어떻게 하실 겁니까? 상급실의 경우 조식까지는 무료로 제공하고 식사는 방까지 직접 가져다 드립니다."

차림새는 영락없는 용병인데 상급실을 달라고 하자 중년인의 태도가 무척이나 공손하게 변했다.

"일단 씻고 내려와서 식당에서 먹지요."

그렇게 대답을 하고 열쇠를 받은 가온은 특실과 상급실이 있는 2층으로 올라가는 계단으로 향했는데 다른 층으로 올라가는 계단이 따로 있어서 특실과 상급실에 묵는 손님들의 편의를 꽤 고려한 것 같았다.

방이 두 개에 거실이 있는 상급실은 침대를 비롯한 가구의 상태도 청결하고 좋았다. 거기에 큰 욕조가 있는 욕실도 마음에 들었다.

"호오! 괜찮은걸. 수도꼭지까지 있다니."

수도는 물론 온수와 냉수로 구분까지 되어 있었다. 이곳의 문명은 상수도와 하수도 시설까지 있는 높은 수준이었다.

가온은 욕조에 온수를 받아서 따듯한 물에 몸을 담그고 피로를 풀었다. 아침과 잠자기 전에 카오스가 알아서 매일 세

안은 물론 몸을 씻어 주지만 이렇게 목욕을 하는 것과는 느낌이 달랐다.

그렇게 씻고 평상복으로 갈아입은 가온은 식사를 하러 식당으로 향했다.

4인이 앉을 수 있는 테이블이 30개가 넘어서 상당히 넓은 편인 식당의 내부는 여관에 숙박하는 손님들부터 식사나 음주를 위해 찾아온 이들까지 꽉 차 있는 상태였다.

구석에 있는 테이블에 앉은 가온은 벽에 걸린 메뉴판을 확인하면서 가볍게 주위를 둘러보았다.

저녁 시간이라서 방어구를 걸친 것으로 보아서 용병이나 전사로 보이는 이들부터 시작해서 상인이나 장인 혹은 일반인으로 보이는 이들까지 아주 다양했는데 여자들도 꽤 많은 것이 탄 차원과 좀 달랐다.

'복장이 아주 자유분방하네.'

여자들의 경우 대부분 원피스를 입고 있었는데 특별한 무늬가 없는 단색 계열로 디자인도 아주 단순했지만 아주 조밀하게 직조된 면직물이어서 문명 수준을 짐작할 수 있었다.

'염색 기술까지 발달하지는 못했나 보네.'

또한 방어구를 입지 않은 남자들은 대부분 동물의 가죽으로 만든 통이 넓은 바지와 조끼를 걸치고 있었는데, 통이 넓지만 손목 부분이 좁아지는 것이 특징인 셔츠는 면직물이었다.

패션은 단순했지만 입은 사람들이 다양한 종족이라서 그런지 둘러보는 맛이 있었다.

가온은 땀을 흘리며 뛰어다니는 종업원에게 닭스튜와 빵 그리고 맥주로 짐작되는 술 한 잔을 주문했다.

이미 준비가 되었는지 금방 나온 닭스튜는 매콤함은 부족했지만 빵과 함께 먹으니 괜찮은 맛이었다. 다만 비싼 맥주는 영 맛이 없어 한 모금 마시고는 말았다.

대략 300밀리리터인 잔을 꽉 채우지도 못한 맥주의 가격이 30실버인 것을 고려하면 쓰레기 수준이었다.

가온은 식사를 하면서 사람들의 대화에 귀를 기울였다. 테이블마다 대화 주제가 달랐지만 덕분에 이 세계에 대한 이런저런 상세한 상식을 쌓을 수 있었다.

그렇게 저녁 시간을 보낸 가온은 방으로 돌아오자 곧바로 아니테라로 건너가서 사랑하는 여인들과 시간을 보냈다.

사랑하는 여인들과 뜨거운 밤을 보낸 가온은 적당히 수련을 하다가 정오가 가까워지자 아이테르 차원의 상급실로 돌아왔다.

'이럴 거 같았으면 굳이 상급실에 묵을 필요는 없었는데.'

가온은 쓰게 웃으며 방을 나왔다. 랜드폴과는 식당에서 보기로 했기 때문이다.

식당으로 가 보니 랜드폴은 아직 오지 않아서 적당한 곳에 자리를 잡았다. 전날 저녁과 달리 점심 장사는 잘 안 되는지 식당에는 빈 테이블이 많았다.

주문을 미루고 오늘 할 일을 생각하던 가온은 얼마 후 찾아온 랜드폴을 보고 손을 흔들었다.

"피로를 전혀 못 풀었나 보네요."

"어디 그럴 시간이 나야 말이지요. 가지고 온 물건들을 정리하고 나서 허겁지겁 늦은 식사를 한 후에는 온 님이 맡기신 가죽들을 처리했습니다."

랜드폴은 정말 제대로 쉬지 못했는지 눈 밑이 거뭇거뭇했다.

"고생했습니다."

"고생은요. 저 좋자고 하는 일인데요. 온 님이 맡기신 가죽들은 다행히 물건 상태가 좋아서 좋은 가격을 받고 넘길 수 있었습니다. 여기 있습니다."

"얼마입니까?"

가온은 굳이 큼지막한 가죽 주머니를 열 생각을 하지 않았다.

"온 님이 말씀하신 대로 수수료는 10%를 챙기고 나니 4,428 골드가 나왔습니다. 물론 어제 드린 선금은 제했습니다."

가온은 내심 생각보다 많은 금액에 놀랐지만 티는 내지 않았다.

"그런데 다크퓨마의 마정석은 팔지 않으실 겁니까?"

"마정석의 시세가 어떻게 됩니까?"

"당연히 상태에 따라 다르지만 성체가 가진 중상급의 경우 개당 1천 골드 내외이고 새끼들이 가지고 있었던 중급의 경우 500골드 내외라고 생각하시면 됩니다."

"그렇군요. 돈이 부족하지는 않으니 일단 가지고 있을 생각입니다."

"알겠습니다. 그래도 판매를 하시려면 저희에게 맡겨 주십시오. 온 님께는 수수료를 최소한으로 받겠습니다."

어제 들은 얘기에 의하면 사냥한 부산물을 상단에 넘기지 않고 중개인을 끼고 판매할 때 내는 수수료가 대략 20% 정도라고 했다.

랜드폴은 생명의 구함을 받았기에 수수료를 받지 않고 판매를 대행해 주겠다고 했지만 가온이 절반이라도 받으라고 말했다.

"함께한 용병들에게도 나눠 주고 싶은데, 어떻게 하면 됩니까?"

"굳이 그러실 필요는 없습니다. 오히려 그들에게 사례를 받으셔야 합니다."

"그래도 마음이 좀 불편하군요, 도축도 해 주었는데."

"정 그러시다면 10% 정도만 챙겨 주십시오."

"혹시 베릿이 지금 어디에 있는지 아십니까?"

"어제 길드에 들러서 보수를 받았을 테니 아지트에서 잔뜩 마시고 오늘은 쉬고 있을 겁니다. 아! 그들의 아지트는 이 거리 끝에 있는 '사슴의 언덕'입니다."

이 거리는 일명 여관 거리로 이곳은 안쪽 깊숙한 곳에 있었다.

"오늘 점심은 제가 살 테니 맛있는 것으로 드십시오."

"하하하. 제가 사려고 했는데, 정 그러시면 사양하지 않겠습니다."

랜드폴은 이 집이 자랑하는 요리인 오리통찜을 시켰고 두 사람은 어제보다는 훨씬 나은 상태의 맥주와 함께 맛나게 식사를 했다.

가온은 식사를 하면서 렌드폴로부터 이곳 사정에 대해서 꽤 많은 정보를 들을 수 있었고 마음먹은 대로 용병으로 이곳 생활을 시작하기로 했다.

일명 길드 거리는 여관 거리와 한 블록 떨어져 있었고 중간에는 꽤 큰 규모의 상설 시장이 있었다.

소화도 시킬 겸 시장을 돌아본 가온은 생각보다 물산이 풍부하지 않다는 사실을 알 수 있었다.

'하긴, 당연한 일이지.'

일단 원재료가 외성 구역에서 재배되거나 사육되는 것에 더해서 제한된 상행을 통해 공급되는 것밖에 없기 때문에 파는 물건이 적을 수밖에 없었다.

다른 시티로 건너갈 수 있는 텔레포트진도 있고 아공간 주머니와 같은 아이템도 있었지만 부피가 큰 곡물이나 의복 등까지 전송하기에는 비용이 너무 커서 사용하기 힘들었다.

그래서인지 물가는 탄 차원에 비해서 높은 편이었다. 특히 식료품의 가격이 높아서 어딜 가든지 대규모로 쇼핑을 하는 가온도 이번에는 엄두를 내지 못했다.

과일이나 주류의 경우에도 희소해서 그런지 굉장히 높은 가격대를 형성하고 있었다.

당연히 무기나 방어구의 가격도 아주 높았다. 광산들이 대개 성 밖에 있어서 그럴 것이다.

블랙독과 다크퓨마의 가죽의 판매로 그렇게 큰 금액을 번 것도 무리는 아니었다.

시티 마탑에서 제작했다는 매직 아이템들도 구경했는데 가격이 혀를 내두를 정도로 비쌌다.

'공간 확장이 채 다섯 배도 되지 않는 주머니가 1만 골드라니!'

대신 마법의 수준이 높아서 그런지 없는 물건은 거의 없었다. 다양한 종류의 포션도 있었고 스텟을 높여 주는 장신구 타입의 아이템들도 있었다. 심지어 1회성이지만 마법을 구현해 주는 스크롤이나 아이템들도 있었다.

물론 가온에게 필요한 것은 없었다. 있다고 해도 품질에 비해 가격이 높아서 차라리 갓상점이 더 나을 정도였다.

'대체 30만이나 되는 인구가 어떻게 살고 있는 거지?'

이렇게 물가가 높은데 다들 먹고 살 수 있는 직업을 가지고 있는지 의아했다.

그래서 베릿이 소속된 에스림 용병단이 머무르고 있다는 아지트로 가기 전에 외성의 안쪽, 즉 내성 쪽에 밀집해 있는 주거 구역을 한번 돌아보기로 했다.

'중세 유럽의 도시와 비슷하네.'

주거지역 안으로 들어가자 3층에서 4층의 정사각형 혹은 직사각형의 석조 건물들이 연이어져 있었는데 전체 면적을 생각하면 굉장히 많은 사람들이 살고 있을 것 같았다.

'생각보다 형편이 괜찮나 보네.'

오가는 사람들은 낮이라서 그런지 별로 보이지 않았지만 낡긴 했어도 깨끗한 외관만 보면 그렇게 생각할 수 있었다.

집의 경우 창은 작았지만 다양한 색유리가 붙어 있어 이곳의 문명 수준이나 생활 수준이 낮지 않음을 충분히 짐작할 수 있었다.

가온은 내친김에 내성을 휘감아 도는 해자까지 이어지는 곳까지 가 보기로 했다. 직선으로 뚫린 길을 통해서 내성 벽이 보였다.

'왜 아이들이 안 보이지?'

어른들이야 일을 갔다고 치더라도 아이들은 밖에서 노는 것이 정상일 텐데, 이상하게 아이들의 모습을 보기가 힘들었다. 아이만 찾는다면 전혀 없는 것은 아니지만 보호자와 함께 있는 어린아이들이 훨씬 더 많았다.

해자까지는 꽤 걸렸지만 그동안 거리나 거리 사이의 골목을 오가는 사람들은 별로 없었다. 그저 나이가 들어 할 일이 없는지 햇빛을 즐기는 것 같은 노인들만이 눈에 들어왔다.

가온은 사람들, 특히 한창 뛰어놀 나이의 아이들이 보이지 않는 것을 이상하게 생각했지만 더 알아볼 방법도, 이유도 없어 다시 원래 자리로 돌아와서 베릿의 용병단이 묵고 있다는 여관으로 향했다.

“헙! 이, 이걸 저희에게 주신단 말입니까?”

숙취가 심한 것 같은 얼굴이었지만 반가워하면 가온을 맞이한 베릿과 대원 몇 명은 가온이 내놓은 돈주머니를 살펴보고 깜짝 놀랐다.

“여러분이 뒤에 있기에 마음 놓고 싸울 수 있었고 도축도 여러분이 다 했으니 받을 자격이 충분합니다.”

“하, 하지만 그건 블랙독으로부터 저희의 목숨을 구해 주신 은혜에 감사하기 위해 한 하찮은 일이었습니다.”

“어쨌거나 저는 이렇게 해야 마음이 편할 것 같습니다.”

“하아! 이런 분이 다 있다니!”

1할이라고 해도 440골드나 되는 거금이다. 베릿이 이끄는 에스림 용병단이 이번에 상행 호위로 받은 보수가 300골드라는 점을 고려하면 그것이 얼마나 큰 돈인지 알 수 있었다.

"감사한 마음으로 받겠습니다!"

베릿은 끝까지 받지 않으려고 했지만 옆에서 옆구리를 쿡쿡 찌르는 용병단 재정 담당의 행동에 할 수 없이 돈주머니를 받아 들었다.

"혹시 제가 도와드릴 일은 없을까요?"

꼭 돈을 받아서가 아니라 대원 몇 명의 목숨을 구해 준 것이나 다름없는 은인이고 이렇게까지 마음을 쓰는 사람이라면 꼭 돕고 싶은 베릿이었다.

"여기까지 오면서 두 분의 말을 듣고 당분간 용병으로 활동하려고 하는데, 혹시 실력에 맞는 등급패를 빨리 받는 방법은 없을까요?"

"있습니다!"

베릿이 대답하기 전에 옆에 있는 대원이 소리쳤다. 엘프족의 피가 섞였는지 호리호리한 몸매에 잘생긴 얼굴이 인상적인 용병이었다.

"혼이라고 했나요?"

"제 이름도 아시는군요!"

가온이 자신의 이름을 기억하자 혼은 놀란 가운데서도 기뻐했는데, 뭔가 머리를 굴리는 것 같은 베릿의 표정을 보니 가온이 물어본 방법이 뭔지 모르는 눈치였다.

"어떤 방법입니까?"

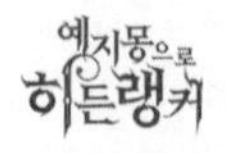

"곧 정기 토벌이 시작됩니다."

"아!"

혼의 말에 베릿과 다른 대원들이 일제히 탄성을 토했다.

"알펜시는 다른 시처럼 석 달에 한 번씩 성 주위의 마수와 몬스터를 토벌합니다. 이때는 성의 전사들은 물론이고 알펜을 근거로 활동하는 용병, 전사, 모험가 등이 모두 참가합니다. 그런데 이번에는 토벌을 한 지 한 달 반 만에 다시 토벌을 하기로 결정했답니다."

"사냥 기간은 5일 정도로 사냥이 끝나면 시장이 가장 큰 사냥 실적을 올린 순서로 포상을 하는데, 5위 안에 들면 어떤 길드건 성과에 맞게 등급을 올려 줍니다."

"용병으로 등록하면 아무리 높은 실력을 가지고 있다고 해도 신뢰와 실적 문제 때문에 우드 등급패를 받을 수밖에 없지만, 어떤 길드에도 속하지 않은 이가 토벌에서 5위 안에 들게 되면 길드들이 직접 스카우트에 나서게 되고 실력에 맞는 등급패를 얻을 수 있습니다."

"다만 토벌에 참가하려면 신원 보증인이 필요한데 그건 제가 하겠습니다!"

대원들의 말에 이어 베릿이 가장 중요한 일을 맡겠다고 나섰다.

"그렇게 해 주신다니 정말 감사합니다."

"감사하긴요. 온 님 덕분에 우리 단원들이 이렇게 멀쩡히 살아서 술맛도 볼 수 있는걸요. 맛은 오줌 같지만 말입니다. 아! 내친김에 참가 신청을 하러 가실까요?"

"벌써 신청을 한단 말입니까?"

"다른 의뢰를 안 받을 거라면 일찍 할수록 좋습니다."

"그래야 마음에 안 들지만 억지로 할 수밖에 없는 의뢰를 거절할 수 있습니다."

베릿에 이어 혼이 한 말을 들어 보니 어쩔 수 없이 받아들일 수밖에 없는 의뢰도 적지 않은 모양이다.

"그럼 부탁합니다."

"네! 같이 가시지요! 혼, 아직도 자고 있는 거북이 녀석들을 당장 깨워!"

곧 혼과 다른 대원들이 흩어졌고 얼마 후에는 떡진 머리에 입에서 술 냄새가 풀풀 나는 에스링 용병대원들이 그들의 손에 하나둘 끌려 나왔다.

다음 권으로 이어집니다

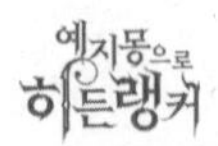

기갑천마

거짓이슬 퓨전 판타지 장편소설

종말을 막지 못한 절대자
복수의 기회를 얻다!

무림을 침략한 마수와의 운명을 건 쟁투
그 마지막 싸움에서 눈감은 무림의 천하제일인, 천휘
종말을 앞둔 중원이 아닌 새로운 세상에서 눈을 뜨는데……

"천휘든 단테든, 본좌는 본좌이니라."

이제는 백월신교의 마지막 교주가 아닌 평민 훈련병, 단테
그럼에도 오로지 마수의 숨통을 끊기 위해
절대자의 일 보를 다시금 내딛다!

에이스 기갑 파일럿 단테
마도 공학의 결정체, 나이트 프레임에 올라
마수들을 처단하고 세상을 구원하라!